本丛书编委会◎编

朱自清散文集

ZHUZIQING
SANWENJI

BENCONGSHU
BIANWEIHUI BIAN

世界图书出版公司
广州·北京·上海·西安

图书在版编目（CIP）数据

朱自清散文集/《青少年必读丛书》编委会编．—广州：
广东世界图书出版公司，2009.10（2024.2 重印）
（青少年必读丛书）
ISBN 978－7－5100－1172－6

Ⅰ．朱…　Ⅱ．青…　Ⅲ．散文—作品集—中国—当代
Ⅳ．I267

中国版本图书馆 CIP 数据核字（2009）第 177832 号

书　　名	朱自清散文集
	ZHU ZI QING SAN WEN JI
编　　者	《青少年必读丛书》编委会
责任编辑	陶　莎
装帧设计	三棵树设计工作组
出版发行	世界图书出版有限公司　世界图书出版广东有限公司
地　　址	广州市海珠区新港西路大江冲 25 号
邮　　编	510300
电　　话	020-84452179
网　　址	http://www.gdst.com.cn
邮　　箱	wpc_gdst@163.com
经　　销	新华书店
印　　刷	唐山富达印务有限公司
开　　本	787mm×1092mm　1/16
印　　张	13
字　　数	160 千字
版　　次	2009 年 10 月第 1 版　2024 年 2 月第 10 次印刷
国际书号	ISBN　978-7-5100-1172-6
定　　价	49.80 元

前言

Qing shao nian bi du cong shu

朱自清（1898～1948），原名自华，号秋实，后改名自清，字佩弦。原籍浙江绍兴，生于江苏东海。主要作品有诗歌散文集《踪迹》，散文集《背影》、《欧游杂记》等。1920年他从北京大学哲学系毕业后，在江苏、浙江一带中学教书，并积极参加新文学运动。教了5年中学后，1925年他到清华大学任教，开始研究中国古典文学，创作以散文为主，建立了中国现代散文全新的审美特征，树立了"白话美文的模范"。1937年抗日战争爆发，他随校南迁至昆明，任西南联大教授，讲授《宋诗》、《文辞研究》等课程。抗日战争结束后，他由昆明返回北京，任清华大学中文系主任。

作为一位散文大家，朱自清以他独特的美文艺术风格，为中国现代散文增添了瑰丽的色彩，建立了中国现代散文全新的审美特征，创造了具有中国民族特色的散文体制和风格。

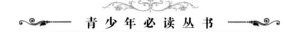

　　朱自清的散文反映着当时的社会现实。《荷塘月色》这篇文章写于1927年7月，这一年中国接连发生了"四一二"和"七一五"反革命大屠杀，白色恐怖笼罩着中国大地，《荷塘月色》反映出了朱自清的苦闷之情。抗战爆发后他随学校南下，带着沉重的心情写作了不少反映社会现实的散文。如《论吃饭》充分肯定农民"吃大户"的正义举动，赞扬他们反饥饿、反压迫的政治觉悟和敢于反抗的集体意识。

　　朱自清初期创作的写景抒情散文，如《桨声灯影里的秦淮河》、《绿》等，让人感受到朱自清先生对大自然的热爱和对美的追求。如对于《绿》的描写，将梅雨潭的绿活生生地呈现在读者面前。这些文章体现着朱自清先生对于美好生活的热爱和向往，对于美的不懈追求。

　　朱自清的叙事散文体现了他的生活观。如《背影》表达的是对于父子亲情的珍惜。这是生活中很平凡的一种感情，往往因为太平凡而容易被忽视。《背影》其实就是要提醒大家好好珍惜这种感情。再如《春晖的一月》就体现了朱自清对于闲适生活的向往，这就是他对于心目中美好生活的思考。

目 录

Contents

匆　　匆

　　燕子去了，有再来的时候；杨柳枯了，有再青的时候；桃花谢了，有再开的时候。但是，聪明的，你告诉我，我们的日子为什么一去不复返呢？——是有人偷了他们罢：那是谁？又藏在何处呢？是他们自己逃走了罢：现在又到了哪里呢？

　　我不知道他们给了我多少日子；但我的手确乎是渐渐空虚了。在默默地算着，八千多日子已经从我手中溜去；像针尖上一滴水滴在大海里，我的日子滴在时间的水流里，没有声音，也没有影子。我不禁头涔涔而泪潸潸了。

　　去的尽管去了，来的尽管来着；去来的中间，又怎样地匆匆呢？早上我起来的时候，小屋里射进两三方斜斜的太阳。太阳他有脚啊，轻轻悄悄地挪移了；我也茫茫然跟着旋转。于是——洗手的时候，日子从水盆里过去；吃饭的时候，日子从饭碗里过去；默默时，便从凝然的双眼前过去。我觉察他去的匆匆了，伸出手遮挽时，他又从遮挽着的手边过去，天黑时，我躺在床上，他便伶伶俐俐地从我身上跨过，从我脚边飞去了。等我睁开眼和太阳再见，这算又溜走了一日。我掩着面叹息。但是新来的日子的影儿又开始在叹息里闪过了。

　　在逃去如飞的日子里，在千门万户的世界里的我能做些什么呢？只有徘徊罢了，只有匆匆罢了；在八千多日的匆匆里，除徘徊外，又剩些什么呢？过去的日子如轻烟，被微风吹散了，如薄雾，被初阳蒸融了；我留着些什么痕迹呢？我赤裸裸来到世界，转眼间也将赤裸裸的回去罢？但不能平的，为什么偏要白白走这一遭啊？

　　你聪明的，告诉我，我们的日子为什么一去不复返呢？

桨声灯影里的秦淮河

　　一九二三年八月的一晚,我和平伯同游秦淮河;平伯是初泛,我是重来了。我们雇了一只"七板子",在夕阳已去,皎月方来的时候,便下了船。于是桨声汩——汩,我们开始领略那晃荡着蔷薇色的历史的秦淮河的滋味了。

　　秦淮河里的船,比北京万牲园,颐和园的船好,比西湖的船好,比扬州瘦西湖的船也好。这几处的船不是觉着笨,就是觉着简陋、局促;都不能引起乘客们的情韵,如秦淮河的船一样。秦淮河的船约略可分为两种:一是大船;一是小船,就是所谓"七板子"。大船舱口阔大,可容二三十人。里面陈设着字画和光洁的红木家具,桌上一律嵌着冰凉的大理石面。窗格雕镂颇细,使人起柔腻之感。窗格里映着红色蓝色的玻璃;玻璃上有精致的花纹,也颇悦人目。"七板子"规模虽不及大船,但那淡蓝色的栏干,空敞的舱,也足系人情思。而最出色处却在它的舱前。舱前是甲板上的一部。上面有弧形的顶,两边用疏疏的栏干支着。里面通常放着两张藤的躺椅。躺下,可以谈天,可以望远,可以顾盼两岸的河房。大船上也有这个,便在小船上更觉清隽罢了。舱前的顶下,一律悬着灯彩;灯的多少,明暗,彩苏的精粗,艳晦,是不一的。但好歹总还你一个灯彩。这灯彩实在是最能钩人的东西。夜幕垂垂地下来时,大小船上都点起灯火。从两重玻璃里映出那辐射着的黄黄的散光，反晕出一片朦胧的烟霭；透过这烟霭，在黯黯的水波里，又逗起缕缕的明漪。在这薄霭和微漪里，听着那悠然的间歇的桨声，谁能不被引入他的美梦去呢?只愁梦太多了，这些大小船儿如何载得起呀?我们这时模模糊糊的谈着明末的秦淮河的艳迹，如《桃花扇》及《板桥杂记》里所载的。我们真神往了。我们仿佛亲见那时华灯映水，画舫凌波的光景了。于是我们的船便成了历史的重载了。我们终于恍然秦淮河的船所以雅丽过于他处，而又有奇异的吸引力的，实在是许多历史的影象使然了。

秦淮河的水是碧阴阴的；看起来厚而不腻，或者是六朝金粉所凝么?我们初上船的时候，天色还未断黑，那漾漾的柔波是这样的恬静，委婉，使我们一面有水阔天空之想，一面又憧憬着纸醉金迷之境了。等到灯火明时，阴阴的变为沉沉了：黯淡的水光，像梦一般；那偶然闪烁着的光芒，就是梦的眼睛了。我们坐在舱前，因了那隆起的顶棚，仿佛总是昂着首向前走着似的；于是飘飘然如御风而行的我们，看着那些自在的湾泊着的船，船里走马灯般的人物，便像是下界一般，迢迢的远了，又像在雾里看花，尽朦朦胧胧的。这时我们已过了利涉桥，望见东关头了。沿路听见断续的歌声：有从沿河的妓楼飘来的，有从河上船里度来的。我们明知那些歌声，只是些因袭的言词，从生涩的歌喉里机械的发出来的；但它们经了夏夜的微风的吹漾和水波的摇拂，袅娜着到我们耳边的时候，已经不单是她们的歌声，而混着微风和河水的密语了。于是我们不得不被牵惹着，震撼着，相与浮沉于这歌声里了。从东关头转湾，不久就到大中桥。大中桥共有三个桥拱，都很阔大，俨然是三座门儿；使我们觉得我们的船和船里的我们，在桥下过去时，真是太无颜色了。桥砖是深褐色，表明它的历史的长久；但都完好无缺，令人太息于古昔工程的坚美。桥上两旁都是木壁的房子,中间应该有街路?这些房子都破旧了,多年烟熏的迹,遮没了当年的美丽。我想象秦淮河的极盛时,在这样宏阔的桥上,特地盖了房子,必然是髹漆得富富丽丽的;晚间必然是灯火通明的。现在却只剩下一片黑沉沉!但是桥上造着房子,毕竟使我们多少可以想见往日的繁华;这也慰情聊胜无了。过了大中桥,便到了灯月交辉,笙歌彻夜的秦淮河;这才是秦淮河的真面目哩。

大中桥外,顿然空阔,和桥内两岸排着密密的人家的大异了。一眼望去,疏疏的林,淡淡的月,衬着蓝蔚的天,颇像荒江野渡光景;那边呢,郁丛丛的,阴森森的,又似乎藏着无边的黑暗:令人几乎不信那是繁华的秦淮河了。但是河中眩晕着的灯光,纵横着的画舫,悠扬着的笛韵,夹着那吱吱的胡琴声,终于使我们认识绿如茵陈酒的秦淮水了。此地天裸露着的多些,故觉夜来的独迟些;从清清的水影里,我们感到的只是薄薄的夜——这正是秦淮河的夜。大中桥外,本来还有一座复成桥,是船夫口中的我们的游踪尽处,或也是秦淮河繁华的尽处了。我的脚曾踏过复成桥的脊,在十三四岁的时候。但是两次游秦淮河,却都不曾见着复成桥的面;明知总在前途的,却常觉得有些虚无缥缈似的。我想,不见倒也好。这时正是盛夏。我们下船后,借着新生的晚凉和河上的微风,暑气已渐渐销散;到了此地,豁然开朗,身子顿然轻了——习习的清风荏苒在面上,手上,衣上,这便又感到了一缕新凉了。南京的日光,大概没有杭州猛烈;西湖的夏夜老是热蓬蓬的,水像沸着一般,秦淮河的水却尽是这样冷冷地绿着。任你人影的憧憧,歌声的扰扰,总像隔着一层薄薄的绿纱面幂似的;它尽是这样静静的,冷冷的绿着。我们出了大中桥,走不上半里路,船夫便将船划到一旁,停了桨由它宕着。他以为那里正是繁华的极点,再过去就是荒凉了;所以让我们多多赏鉴一会儿。他自己却静静的蹲着。他是看惯这光景的了,大约只是一个无可无不可。这无可无不可,无论是升的沉的,总之,都比我们高了。

那时河里闹热极了;船大半泊着,小半在水上穿梭似的来往。停泊着的都在近市的那一边,我们的船自然也夹在其中。因为这边略略的挤,便觉得那边十分的疏了。在每一只船从那边过去时,我们能画出它的轻轻的影和曲曲的波,在我们的心上;这显着是空,且显着是静了。那时处处都是歌声和凄厉的胡琴声,圆润的喉咙,确乎是很少的。但那生涩的,尖脆的调子能使人有少年的,粗率不拘的感觉,也正可快我们的意。况且多少隔开些儿听着,因为想象与渴慕的做美,总觉更有滋味;而竞发的喧嚣,抑扬的不齐,远近的杂沓,和乐器的嘈嘈切切,合成另一意味的谐音,也使我们无所适从,如随着大风而走。这实在因为我们的心枯涩久了,变为脆弱;故偶然润泽一下,便疯狂似的不能自主了。但秦淮河确也腻人。即如船里的人面,无论是和我们一堆儿泊着的,无论是从我们眼前过去的,总是模模糊糊的,甚至渺渺茫茫的;任你张圆了眼睛,揩净了眦垢,也是枉然。这真够人想呢。在我们停泊的地方,灯光原是纷然的;不过这些灯光都是黄而有晕的。黄已经不能明了,再加上了晕,便更不成了。灯愈多,晕就愈甚;在繁星般的黄的交错里,秦淮河仿佛笼上了一团光雾。光芒与雾气腾腾的晕着,什么都只剩了轮廓了;所以人面的详细的曲线,便消失于我们的眼底了。但灯光究竟夺不了那边的月色;灯光是浑的,月色是清的,在浑沌的灯光里,渗入了一派清辉,却真是奇迹!那晚月儿已瘦削了两三分。她晚妆才罢,盈盈的上了柳梢头。天是蓝得可爱,仿佛一汪水似的;月儿便更出落得精神了。岸上原有三株两株的垂杨树,淡淡的影子,在水里摇曳着。它们那柔细的枝条浴着月光,就像一支支美人的臂膊,交互的缠着,挽着;又像是月儿披着的发。而月儿偶然也从它们的交叉处偷偷窥看我们，大有小姑娘怕羞的样子。岸上另有几株不知名的老树，光光的立着；在月光里照起来，却又俨然是精神矍铄的老人。远处——快到天际线了，才有一两片白云，亮得现出异彩，像美丽的贝壳一般。白云下便是黑黑的一带轮廓；是一条随意画的不规则的曲线。这一段光景，和河中的风味大异了。但灯与月竟能并存着，交融着，使月成了缠绵的月，灯射着渺渺的灵辉；这正是天之所以厚秦淮河，也正是天之所以厚我们了。

　　这时却遇着了难解的纠纷。秦淮河上原有一种歌妓，是以歌为业的。从前都在茶舫上，唱些大曲之类。每日午后一时起；什么时候止，却忘记了。晚上照样也有一回。也在黄晕的灯光里。我从前过南京时，曾随着朋友去听过两次。因为茶舫里的人脸太多了，觉得不大适意，终于听不出所以然。前年听说歌妓被取缔了，不知怎的，颇涉想了几次——却想不出什么。这次到南京，先到茶舫上去看看，觉得颇是寂寥，令我无端的怅怅了。不料她们却仍在秦淮河里挣扎着，不料她们竟会纠缠到我们，我于是很张皇了。她们也乘着“七板子”，她们总是坐在舱前的。舱前点着石油汽灯，光亮眩人眼目：坐在下面的，自然是纤毫毕见了——引诱客人们的力量，也便在此了。舱里躲着乐工等人，映着汽灯的余辉蠕动着；他们是永远不被注意的。每船的歌妓大约都是二人；天色一黑，她们的船就在大中桥外往来不息的兜生意。无论行着的船，泊着的船，都要来兜揽的。这都是我后来推想出来的。那晚不知怎样，忽然轮着我们的船了。我们的船好好的停着，一只歌舫划向我们来的；渐渐和我们的船并着了。铄铄的灯光逼得我们皱起了眉头；我们的风尘色全给它托出来了，这使我踌躇不安了。那时一个伙计跨过船来，拿着摊开的歌折，就近塞向我的手里,说,"点几出吧"!他跨过来的时候,我们船上似乎有许多眼光跟着。同时相近的别的船上也似乎有许多眼睛炯炯的向我们船上看着。我真窘了!我也装出大方的样子,向歌妓们瞥了一眼,但究竟是不成的!我勉强将那歌折翻了一翻,却不曾看清了几个字;便赶紧递还那伙计,一面不好意思地说,"不要,我们……不要。"他便塞给平伯。平伯掉转头去,摇手说,"不要!"那人还腻着不走。平伯又回过脸来,摇着头道,"不要!"于是那人重到我处。我窘着再拒绝了他。他这才有所不屑似的走了。我的心立刻放下,如释了重负一般。我们就开始自白了。

我说我受了道德律的压迫,拒绝了她们;心里似乎很抱歉的。这所谓抱歉,一面对于她们,一面对于我自己。她们于我们虽然没有很奢的希望;但总有些希望的。我们拒绝了她们,无论理由如何充足,却使她们的希望受了伤;这总有几分不做美了。这是我觉得很怅怅的。至于我自己,更有一种不足之感。我这时被四面的歌声诱惑了,降服了;但是远远的,远远的歌声总仿佛隔着重衣搔痒似的,越搔越搔不着痒处。我于是憧憬着贴耳的妙音了。在歌舫划来时,我的憧憬,变为盼望;我固执的盼望着,有如饥渴。虽然从浅薄的经验里,也能够推知,那贴耳的歌声,将剥去了一切的美妙;但一个平常的人像我的,谁愿凭了理性之力去丑化未来呢?我宁愿自己骗着了。不过我的社会感性是很敏锐的;我的思力能拆穿道德律的西洋镜,而我的感情却终于被它压服着,我于是有所顾忌了,尤其是在众目昭彰的时候。道德律的力,本来是民众赋予的;在民众的面前,自然更显出它的威严了。我这时一面盼望,一面却感到了两重的禁制:一,在通俗的意义上,接近妓者总算一种不正当的行为;二,妓是一种不健全的职业,我们对于她们,应有哀矜勿喜之心,不应赏玩的去听她们的歌。在众目睽睽之下，这两种思想在我心里最为旺盛。她们暂时压倒了我的听歌的盼望，这便成就了我的灰色的拒绝。那时的心实在异常状态中，觉得颇是昏乱。歌舫去了，暂时宁靖之后，我的思绪又如潮涌了。两个相反的意思在我心头往复：卖歌和卖淫不同，听歌和狎妓不同，又干道德甚事？——但是，但是，她们既被逼的以歌为业，她们的歌必无艺术味的；况她们的身世，我们究竟该同情的。所以拒绝倒也是正办。但这些意思终于不曾撇开我的听歌的盼望。它力量异常坚强；它总想将别的思绪踏在脚下。从这重重的争斗里，我感到了浓厚的不足之感。这不足之感使我的心盘旋不安，起坐都不安宁了。唉！我承认我是一个自私的人！平伯呢，却与我不同。他引周启明先生的诗，"因为我有妻子，所以我爱一切的女人，因为我有子女，所以我爱一切的孩子。"他的意思可以见了。他因为推及的同情，爱着那些歌妓，并且尊重着她们，所以拒绝了她们。在这种情形下，他自然以为听歌是对于她们的一种侮辱。但他也是想听歌的，虽然不和我一样，所以在他的心中，当然也有一番小小的争斗；争斗的结果，是同情胜了。至于道德律，在他是没有什么的；因为他很有蔑视一切的倾向，民众的力量在他是不大觉着的。这时他的心意的活动比较简单，又比较松弱，故事后还怡然自若；我却不能了。这里平伯又比我高了。

在我们谈话中间，又来了两只歌舫。伙计照前一样的请我们点戏，我们照前一样的拒绝了。我受了三次窘，心里的不安更甚了：清艳的夜景也为之减色。船夫大约因为要赶第二趟生意，催着我们回去；我们无可无不可的答应了。我们渐渐和那些晕黄的灯光远了，只有些月色冷清清的随着我们的归舟。我们的船竟没个伴儿，秦淮河的夜正长哩！到大中桥近处，才遇着一只来船。这是一只载妓的板船，黑漆漆的没有一点光。船头上坐着一个妓女;暗里看出,白地小花的衫子,黑的下衣。她手里拉着胡琴,口里唱着青衫的调子。她唱得响亮而圆转;当她的船箭一般驶过去时,余音还袅袅的在我们耳际,使我们倾听而向往。想不到在弩末的游踪里,还能领略到这样的清歌!这时船过大中桥了,森森的水影,如黑暗张着巨口,要将我们的船吞了下去。我们回顾那渺渺的黄光,不胜依恋之情;我们感到了寂寞了!这一段地方夜色甚浓,又有两头的灯火招邀着;桥外的灯火不用说了,过了桥另有东关头疏疏的灯火。我们忽然仰头看见依人的素月,不觉深悔归来之早了!走过东关头,有一两只大船湾泊着,又有几只船向我们来着。嚣嚣的一阵歌声人语,仿佛笑我们无伴的孤舟哩。东关头转湾,河上的夜色更浓了;临水的妓楼上,时时从帘缝里射出一线一线的灯光;仿佛黑暗从酣睡里眨了一眨眼。我们默然的对着,静听那汩——汩的桨声,几乎要入睡了;朦胧里却温寻着适才的繁华的余味。我那不安的心在静里愈显活跃了!这时我们都有了不足之感,而我的更其浓厚。我们却又不愿回去,于是只能由懊悔而怅惘了。船里便满载着怅惘了。直到利涉桥下,微微嘈杂的人声,才使我豁然一惊;那光景却又不同。右岸的河房里,都大开了窗户,里面亮着晃晃的电灯,电灯的光射到水上,蜿蜒曲折,闪闪不息,正如跳舞着的仙女的臂膊。我们的船已在她的臂膊里了;如睡在摇篮里一样,倦了的我们便又入梦了。那电灯下的人物,只觉像蚂蚁一般,更不去萦念。这是最后的梦;可惜是最短的梦!黑暗重复落在我们面前,我们看见傍岸的空船上一星两星的,枯燥无力又摇摇不定的灯光。我们的梦醒了,我们知道就要上岸了;我们心里充满了幻灭的情思。

航船中的文明

第一次乘夜航船,从绍兴府桥到西兴渡口。

绍兴到西兴本有汽油船。我因急于来杭,又因年来逐逐于火车轮船之中,也想"回到"航船里,领略先代生活的异样的趣味;所以不顾亲戚们的坚留和劝说(他们说航船里是很苦的),毅然决然的于下午六时左右下了船。有了"物质文明"的汽油船,却又有"精神文明"的航船,使我们徘徊其间,左右顾而乐之,真是二十世纪中国人的幸福了!

航船中的乘客大都是小商人;两个军弁是例外。满船没有一个士大夫;我区区或者可充个数儿,——因为我曾读过几年书,又忝为大夫之后——但也是例外之例外!真的,那班士大夫到哪里去了呢?这不消说得,都到了轮船里去了! 士大夫虽也擎着大旗拥护精神文明,但千虑不免一失,竟为那物质文明的孙儿,满身洋油气的小顽意儿骗得定定的,忍心害理的撇了那老相好。于是航船虽然照常行驶,而光彩已减少许多!这确是一件可以慨叹的事;而"国粹将亡"的呼声,似也不是徒然的了。呜呼,是谁之咎欤?

既然来到这"精神文明"的航船里,正可将船里的精神文明考察一番,才不虚此一行。但从哪里下手呢?这可有些为难,踌躇之间,恰好来了一个女人。——我说"来了",仿佛亲眼看见,而孰知不然;我知道她"来了",是在听见她尖锐的语音的时候。至于她的面貌，我至今还没有看见呢。这第一要怪我的近视眼，第二要怪那袭人的暮色，第三要怪——哼——要怪那"男女分坐"的精神文明了。女人坐在前面，男人坐在后面；那女人离我至少有两丈远，所以便不可见其脸了。且慢，这样左怪右怪，"其词若有憾焉"，你们或者猜想那女人怎样美呢。而孰知又大大的不然！我也曾"约略的"看来，都是乡下的黄面婆而已。至于尖锐的语音，那是少年的妇女所常有的，倒也不足为奇。然而这一次，那来了的女人的尖锐的语音竟致劳动区区的执笔者，却又另有缘故。在那语音里，表示出对于航船里精神文明的抗议；她说，"男人女人都是人！"她要坐到后面来，（因前面太挤，实无他故，合并声明，）而航船里的"规矩"是不许的。船家拦住她，她仗着她不是姑娘了，便老了脸皮，大着胆子，慢慢的说了那句话。她随即坐在原处，而"批评家"的议论繁然了。一个船家在船沿上走着，随便的说，"男人女人都是人，是的，不错。做秤钩的也是铁，做秤锤的也是铁，做铁锚的也是铁，都是铁呀！"这一段批评大约十分巧妙，说出诸位"批评家"所要说的，于是众喙都息，这便成了定论。至于那女人，事实上早已坐下了；"孤掌难鸣"，或者她饱饫了诸位"批评家"的宏论，也不要鸣了罢。"是非之心"，虽然"人皆有之"，而撑船经商者流，对于名教之大防，竟能剖辨得这样"详明"，也着实亏他们了。中国毕竟是礼义之邦，文明之古国呀！——我悔不该乱怪那"男女分坐"的精神文明了！

"祸不单行"，凑巧又来了一个女人。她是带着男人来的。——呀，带着男人！正是；所以才"祸不单行"呀！——说得满口好绍兴的杭州话，在黑暗里隐隐露着一张白脸；带着五六分城市气。船家照他们的"规矩"，要将这一对儿生剌剌的分开；男人不好意思做声，女的却抢着说，"我们是'一堆生'的！"太亲热的字眼，竟在"规规矩矩的"航船里说了!于是船家命令的嚷道:"我们有我们的规矩,不管你'一堆生'不'一堆生'的!"大家都微笑了。有的沉吟的说:"一堆生的?"有的惊奇的说:"一'堆'生的!"有的嘲讽的说:"哼,一堆生的!"在这四面楚歌里,凭你怎样伶牙俐齿,也只得服从了!"妇者,服也",这原是她的本行呀。只看她毫不置辩,毫不懊恼,还是若无其事的和人攀谈,便知她确乎是"服也"了。这不能不感谢船家和乘客诸公"卫道"之功;而论功行赏,船家尤当首屈一指。呜呼,可以风矣!

在黑暗里征服了两个女人,这正是我们的光荣;而航船中的精神文明,也粲然可见了——于是乎书。

正　义

人间的正义是在哪里呢?

正义是在我们的心里!从明哲的教训和见闻的意义中,我们不是得着大批的正义么?但白白的搁在心里,谁也不去取用,却至少是可惜的事。两石白米堆在屋里,总要吃它干净,两箱衣服堆在屋里,总要轮流穿换,一大堆正义却扔在一旁,满不理会,我们真大方,真舍得! 看来正义这东西也真贱,竟抵不上白米的一个尖儿,衣服的一个扣儿。——爽性用它不着,倒也罢了,谁都又装出一副发急的样子,张张皇皇的寻觅着。这个葫芦里卖的什么药?我的聪明的同伴呀,我真想不通了!

我不曾见过正义的面,只见过它的弯曲的影儿——在"自我"的唇边,在"威权"的面前,在"他人"的背后。

正义可以做幌子,一个漂亮的幌子,所以谁都愿意念着它的名字。"我是正经人,我要做正经事",谁都向他的同伴这样隐隐的自诩着。但是除了用以"自诩"之外,正义对于他还有什么作用呢?他独自一个时,在生人中间时,早忘了它的名字,而去创造"自己的正义"了!他所给予正义的,只是让它的影儿在他的唇边闪烁一番而已。但是,这毕竟不算十分孤负正义,比那凭着正义的名字以行罪恶的,还胜一筹。可怕的正是这种假名行恶的人。他嘴里唱着正义的名字,手里却满满的握着罪恶;他将这些罪恶送给社会,粘上金碧辉煌的正义的签条送了去。社会凭着他所唱的名字和所粘的签条,欣然受了这份礼;就是明知道是罪恶,也还是欣然受了这份礼!易卜生"社会栋梁"一出戏,就是这种情形。这种人的唇边,虽更频繁的闪烁着正义的弯曲的影儿,但是深藏在他们心底的正义,只怕早已霉了,烂了,且将毁灭了。在这些人里,我见不着正义!

在亲子之间,师傅学徒之间,军官兵士之间,上司属僚之间,似乎有正义可见了,但是也不然。卑幼大抵顺从他们长上的,长上要施行正义于他们,他们诚然是不"能"违抗的——甚至"父教子死,子不得不死"一类话也说出来了。他们发见有形的扑鞭和无形的赏罚在长上们的背后,怎敢去违抗呢?长上们凭着威权的名字施行正义,他们怎敢不遵呢?但是你私下问他们,"信么?服么?"他们必摇摇他们的头,甚至还奋起他们的双拳呢!这正是因为长上们不凭着正义的名字而施行正义的缘故了。这种正义只能由长上行于卑幼,卑幼是不能行于长上的,所以是偏颇的;这种正义只能施于卑幼,而不能施于他人,所以是破碎的;这种正义受着威权的鼓弄,有时不免要扩大到它的应有的轮廓之外,那时它又是肥大的。这些仍旧只是正义的弯曲的影儿。不凭着正义的名字而施行正义,我在这等人里,仍旧见不着它!

在没有威权的地方,正义的影儿更弯曲了。名位与金钱的面前,正义只剩淡如水的微痕了。你瞧现在一班大人先生见了所谓督军等人的劲儿!他们未必愿意如此的,但是一当了面,估量着对手的名位,就不免心里一软,自然要给他一些面子——于是不知不觉的就敷衍起来了。至于平常的人,偶然见了所谓名流,也不免要吃一惊,那时就是心里有一百二十个不以为然,也只好姑且放下,另做出一番"足恭"的样子,以表倾慕之诚。所以一班达官通人,差不多是正义的化外之民,他们所做的都是合于正义的,乃至他们所做的就是正义了!——在他们实在无所谓正义与否了。呀!这样,正义岂不已经沦亡了?却又不然。须知我只说"面前"是无正义的,"背后"的正义却幸而还保留着。社会的维持,大部分或者就靠着这背后的正义罢。但是背后的正义,力量究竟是有限的,因为隔开一层,不由的就单弱了。一个为富不仁的人,背后虽然免不了人们的指谪,面前却只有恭敬。一个华服翩翩的人,犯了违警律,就是警察也要让他五分。这就是我们的正义了!我们的正义百分之九十九是在背后的,而在极亲近的人间,有时连这个背后的正义也没有!因为太亲近了,什么也可以原谅了,什么也可以马虎了,正义就任怎么弯曲也可以了。背后的正义只有存生疏的人们间。生疏的人们间,没有什么密切的关系,自然可以用上正义这个幌子。至于一定要到背后才叫出正义来,那全是为了情面的缘故。情面的根柢大概也是一种同情,一种廉价的同情。现在的人们只喜欢廉价的东西,在正义与情面两者中,就尽先取了情面,而将正义放在背后。在极亲近的人间,情面的优先权到了最大限度,正义就几乎等于零,就是在背后也没有了。背后的正义虽也有相当的力量,但是比起面前的正义就大大的不同,启发与戒惧的功能都如搀了水的薄薄的牛乳似的——于是仍旧只算是一个弯曲的影儿。在这些人里,我更见不着正义!

　　人间的正义究竟是在哪里呢?满藏在我们心里!为什么不取出来呢?它没有优先权!在我们心里,第一个尖儿是自私,其余就是威权,势力,亲疏,情面等等;等到这些角色一一演毕,才轮得到我们可怜的正义。你想,时候已经晚了,它还有出台的机会么?没有!所以你要正义出台,你就得排除一切,让它做第一个尖儿。你得凭着它自己的名字叫它出台。你还得抖擞精神,准备一副好身手,因为它是初出台的角儿,捣乱的人必多,你得准备着打——不打不成相识呀!打得站住了脚携住了手,那时我们就能从容的瞻仰正义的面目了。

白种人——上帝的骄子！

去年暑假到上海，在一路电车的头等里，见一个大西洋人带着一个小西洋人，相并地坐着。我不能确说他俩是英国人或美国人；我只猜他们是父与子。那小西洋人，那白种的孩子，不过十一二岁光景，看去是个可爱的小孩，引我久长的注意。他戴着平顶硬草帽，帽檐下端正地露着长圆的小脸。白中透红的面颊，眼睛上有着金黄的长睫毛，显出和平与秀美。我向来有种癖气：见了有趣的小孩，总想和他亲热，做好同伴；若不能亲热，便随时亲近亲近也好。在高等小学时，附设的初等里，有一个养着乌黑的西发的刘君，真是依人的小鸟一般；牵着他的手问他的话时，他只静静地微仰着头，小声儿回答——我不常看见他的笑容，他的脸老是那么幽静和真诚，皮下却烧着亲热的火把。我屡次让他到我家来，他总不肯；后来两年不见，他便死了。我不能忘记他！我牵过他的小手，又摸过他的圆下巴。但若遇着蓦生的小孩，我自然不能这么做，那可有些窘了；不过也不要紧，我可用我的眼睛看他——一回，两回，十回，几十回！孩子大概不很注意人的眼睛，所以尽可自由地看，和看女人要遮遮掩掩的不同。我凝视过许多初会面的孩子，他们都不曾向我抗议；至多拉着同在的母亲的手，或倚着她的膝头，将眼看她两看罢了。所以我胆子很大。这回在电车里又发了老癖气，我两次三番地看那白种的孩子，小西洋人！

初时他不注意或者不理会我，让我自由地看他。但看了不几回，那父亲站起来了，儿子也站起来了，他们将到站了。这时意外的事来了。那小西洋人本坐在我的对面；走近我时，突然将脸尽力地伸过来了，两只蓝眼睛大大地睁着，那好看的睫毛已看不见了；两颊的红也已褪了不少了。和平，秀美的脸一变而为粗俗，凶恶的脸了！他的眼睛里有话："咄！黄种人，黄种的支那人，你——你看吧！你配看我！"他已失了天真的稚气，脸上满布着横秋的老气了！我因此宁愿称他为"小西洋人"。他伸着脸向我足有两秒钟；电车停了，这才胜利地掉过头，牵着那大西洋人的手走了。大西洋人比儿子似乎要高出一半；这时正注目窗外，不曾看见下面的事。儿子也不去告诉他，只独断独行地伸他的脸；伸了脸之后，便又若无其事的，始终不发一言——在沉默中得着胜利，凯旋而去。不用说，这在我自然是一种袭击，"出其不意，攻其不备"的袭击！

　　这突然的袭击使我张皇失措；我的心空虚了，四面的压迫很严重，使我呼吸不能自由。我曾在N城的一座桥上，遇见一个女人；我偶然地看她时，她却垂下了长长的黑睫毛，露出老练和鄙夷的神色。那时我也感着压迫和空虚，但比起这一次，就稀薄多了：我在那小西洋人两颗枪弹似的眼光之下，茫然地觉着有被吞食的危险，于是身子不知不觉地缩小——大有在奇境中的阿丽思的劲儿！我木木然目送那父与子下了电车，在马路上开步走；那小西洋人竟未一回头，断然地去了。我这时有了迫切的国家之感！我做着黄种的中国人，而现在还是白种人的世界，他们的骄傲与践踏当然会来的；我所以张皇失措而觉着恐怖者，因为那骄傲我的，践踏我的，不是别人，只是一个十来岁的"白种的"孩子，竟是一个十来岁的白种的"孩子"！我向来总觉得孩子应该是世界的，不应该是一种，一国，一乡，一家的。我因此不能容忍中国的孩子叫西洋人为"洋鬼子"。但这个十来岁的白种的孩子，竟已被揿入人种与国家的两种定型里了。他已懂得凭着人种的优势和国家强力，伸着脸袭击我了。这一次袭击实是许多次袭击的小影，他的脸上便缩印着一部中国的外交史。他之来上海，或无多日，或已长久，耳濡目染，他的父亲，亲长，先生，父执，乃至同国，同种，都以骄傲践踏对付中国人；而他的读物也推波助澜，将中国编排得一无是处，以长他自己的威风。所以他向我伸脸，决非偶然而已。

这是袭击，也是侮蔑，大大的侮蔑！我因了自尊，一面感着空虚，一面却又感着愤怒；于是有了迫切的国家之念。我要诅咒这小小的人！但我立刻恐怖起来了：这到底只是十来岁的孩子呢，却已被传统所埋葬；我们所日夜想望着的"赤子之心"，世界之世界（非某种人的世界，更非某国人的世界！），眼见得在正来的一代，还是毫无信息的！这是你的损失，我的损失，他的损失，世界的损失；虽然是怎样渺小的一个孩子！但这孩子却也有可敬的地方：他的从容，他的沉默，他的独断独行，他的一去不回头，都是力的表现，都是强者适者的表现。决不婆婆妈妈的，决不粘粘搭搭的，一针见血，一刀两断，这正是白种人之所以为白种人。

我真是一个矛盾的人。无论如何，我们最要紧的还是看看自己，看看自己的孩子！谁也是上帝之骄子；这和昔日的王侯将相一样，是没有种的！

背　　影

　　我与父亲不相见已有二年有余了，我最不能忘记的是他的背影。

　　那年冬天，祖母死了，父亲的差使也交卸了，正是祸不单行的日子，我从北京到徐州，打算跟着父亲奔丧回家。到徐州见着父亲，看见满院狼藉的东西，又想起祖母，不禁簌簌地流下眼泪。父亲说，"事已如此，不必难过，好在天无绝人之路！"

　　回家变卖典质，父亲还亏空了；又借钱办了丧事。这些日子，家中光景很是惨淡，一半为了丧事，一半为了父亲赋闲。丧事完毕，父亲要到南京谋事，我也要回到北京念书，我们便同行。

　　到南京时，有朋友约去游逛，逗留了一日；第二日上午便需渡江到浦口，下午上车北去。父亲因为事忙，本已说定不送我，叫旅馆里一个熟识的茶房陪我同去。他再三嘱咐茶房，甚是仔细。但他终于不放心，怕茶房不妥帖；颇踌躇了一会。其实我那年已二十岁，北京已来往过两三次，是没有什么要紧的了。他踌躇了一会，终于决定还是自己送我去。我再三劝他不必去；他只说，"不要紧，他们去不好！"

　　我们过了江，进了车站。我买票，他忙着照看行李。行李太多了，得向脚夫行些小费，才可过去。他便又忙着和他们讲价钱。我那时真是聪明过分，总觉他说话不大漂亮，非自己插嘴不可。

但他终于讲定了价钱；就送我上车。他给我拣定了靠车门的一张椅子；我将他给我做的紫毛大衣铺好座位。他嘱我路上小心，夜里要警醒些，不要受凉。又嘱托茶房好好照应我。我心里暗笑他的迂；他们只认得钱，托他们只是白托！而且我这样大年纪的人，难道还不能料理自己么？唉，现在想想，那时真是太聪明了。

我说道，"爸爸，你走吧。"他往车外看了看，说，"我买几个桔子去。你就在此地，不要走动。"我看那边月台的栅栏外有几个卖东西的等着顾客。走到那边月台，需穿过铁道，跳下去又爬上去。父亲是个胖子，走过去自然要费事些。我本来要去的，他不肯，只好让他去。我看见他戴着黑布小帽，穿着黑布大马褂，深青布棉袍，蹒跚地走到铁道边，慢慢探身下去，尚不大难。可是他穿过铁道，要爬上那边月台，就不容易了。他用两手攀着上面，两脚再向上缩；肥胖的身子向左微倾，显出努力的样子。这时我看见他的背影，我的泪很快地流下来了。我赶紧拭干了泪，怕他看见，也怕别人看见。我再向外看时，他已抱了朱红的桔子往回走了。过铁道时，他先将桔子散放在地上，自己慢慢爬下，再抱起桔子走。到这边时，我赶紧去搀他。他和我走到车上，将桔子一股脑儿放在我的皮大衣上。于是扑扑衣上的泥土，心里很轻松似的，过一会说，"我走了，到那边来信！"我望着他走出去。他走了几步，回过头看见我，说，"进去吧，里边没人。"等他的背影混入来来往往的人里，再找不着了，我便进来坐下，我的眼泪又来了。

近几年来，父亲和我都是东奔西走，家中光景是一日不如一日。他少年出外谋生，独立支持，做了许多大事。哪知老境却如此颓唐！他触目伤怀，自然情不能自已。情郁于中，自然要发之于外；家庭琐屑便往往触怒他。他待我渐渐不同往日。但最近两年不见，他终于忘却我的不好，只是惦记着我，惦记着我的儿子。

我归来后，他写了一封信给我，信中说道，"我身体平安，惟膀子疼痛厉害，举箸提笔，诸多不便，大约大去之期不远矣。"我读到此处，在晶莹的泪光中，又看见那肥胖的，青布棉袍，黑布马褂的背影。唉！我不知何时再能与他相见！

荷 塘 月 色

　　这几天心里颇不宁静。今晚在院子里坐着乘凉,忽然想起日日走过的荷塘,在这满月的光里,总该另有一番样子吧。月亮渐渐地升高了,墙外马路上孩子们的欢笑已经听不见了;妻在屋里拍着闰儿,迷迷糊糊地哼着眠歌。我悄悄地披了大衫,带上门出去了。

　　沿着荷塘,是一条曲折的小煤屑路。这是一条幽僻的路;白天也少人走,夜晚更加寂寞。荷塘四面,长着许多树,蓊蓊郁郁的。路的一旁,是些杨柳,和一些不知道名字的树。没有月光的晚上,这路上阴森森的,有些怕人。今晚却很好,虽然月光也还是淡淡的。

　　路上只我一个人,背着手踱着。这一片天地好像是我的;我也像超出了平常的自己,到了另一个世界里。我爱热闹,也爱冷静;爱群居,也爱独处。像今晚上,一个人在这苍茫的月下,什么都可以想,什么都可以不想,便觉是个自由的人。白天里一定要做的事,一定要说的话,现在都可不理。这是独处的妙处;我且受用这无边的荷香月色好了。

　　曲曲折折的荷塘上面,弥望的是田田的叶子。叶子出水很高,像亭亭的舞女的裙。层层的叶子中间,零星地点缀着些白花,有袅娜地开着的,有羞涩的打着朵儿的;正如一粒粒的明珠,又如碧天里的星星，又如刚出浴的美人。微风过后，送来缕缕清香，仿佛远处高楼上渺茫的歌声似的。这时候叶子与花也有一些的颤动，像闪电般，霎时传过荷塘的那边去了。叶子本是肩并肩密密的挨着，这便宛然有了一道凝碧的波痕。叶子底下是脉脉的流水，遮住了，不能见一些颜色；而叶子却更见风致了。

月光如流水一般，静静地泻在这一片叶子和花上。薄薄的青雾浮起在荷塘里。叶子和花仿佛在牛乳中洗过一样；又像笼着轻纱的梦。虽然是满月，天上却有一层淡淡的云，所以不能朗照；但我以为这恰是到了好处——酣眠固不可少，小睡也别有风味的。月光是隔了树照过来的，高处丛生的灌木，落下参差的斑驳的黑影，却又像是画在荷叶上。塘中的月色并不均匀，但光与影有着和谐的旋律，如梵婀玲上奏着的名曲。

荷塘的四面，远远近近，高高低低的都是树，而杨柳最多。这些树将一片荷塘重重围住；只在小路一旁，漏着几段空隙，像是特为月光留下的。树色一例是阴阴的，乍看像一团烟雾；但杨柳的风姿，便在烟雾里也辨得出。树梢上隐隐约约的是一带远山，只有些大意罢了。树缝里也漏着一两点路灯光，没精打采的，是渴睡人的眼。这时候最热闹的，要数树上的蝉声与水里的蛙声；但热闹的是它们的，我什么也没有。

忽然想起采莲的事情来了。采莲是江南的旧俗，似乎很早就有，而六朝时为盛，从诗歌里可以约略知道。采莲的是少年的女子，她们是荡着小船，唱着艳歌去的。采莲人不用说很多，还有看采莲的人。那是一个热闹的季节，也是一个风流的季节。梁元帝《采莲赋》里说得好：

于是妖童媛女，荡舟心许；鹢首徐回，兼传羽杯；棹将移而藻挂，船欲动而萍开。尔其纤腰束素，迁延顾步；夏始春余，叶嫩花初，恐沾裳而浅笑，畏倾船而敛裾。

可见当时嬉游的光景了。这真是有趣的事，可惜我们现在早已无福消受了。

于是又记起《西洲曲》里的句子：

采莲南塘秋，莲花过人头；低头弄莲子，莲子清如水。

今晚若有采莲人，这儿的莲花也算得"过人头"了；只不见一些流水的影子，是不行的。这令我到底惦着江南了。——这样想着，猛一抬头，不觉已是自己的门前；轻轻地推门进去，什么声息也没有，妻已睡熟好久了。

看 花

生长在大江北岸一个城市里，那儿的园林本是著名的，但近来却很少；似乎自幼就不曾听见过"我们今天看花去"一类话，可见花事是不盛的。有些爱花的人，大都只是将花栽在盆里，一盆盆搁在架上；架子横放在院子里。院子照例是小小的，只够放下一个架子；架上至多搁二十多盆花罢了。有时候里依墙筑起一座"花台"，台上种一株开花的树；也有在院子里地上种的。但这只是普通的点缀，不算是爱花。

家里人似乎都不甚爱花；父亲只在领我们上街时，偶然和我们到"花房"里去过一两回。但我们住过一所房子，有一座小花园，是房东家的。那里有树，有花架（大约是紫藤花架之类），但我当时还小，不知道那些花木的名字；只记得爬在墙上的是蔷薇而已。园中还有一座太湖石堆成的洞门；现在想来。似乎也还好的。在那时由一个顽皮的少年仆人领了我去，却只知道跑来跑去捉蝴蝶；有时掐下几朵花，也只是随意挼弄着，随意丢弃了。至于领略花的趣味，那是以后的事：夏天的早晨，我们那地方有乡下的姑娘在各处街巷，沿门叫着，"卖栀子花来。"栀子花不是什么高品，但我喜欢那白而晕黄的颜色和那肥肥的个儿，正和那些卖花的姑娘有着相似的韵味。栀子花的香，浓而不烈，清而不淡，也是我乐意的。我这样便爱起花来了。也许有人会问，"你爱的不是花吧？"这个我自己其实也已不大弄得清楚，只好存而不论了。

在高小的一个春天，有人提议到城外 F 寺里吃桃子去，而且预备白吃；不让吃就闹一场，甚至打一架也不在乎。那时虽远在五四运动以前，但我们那里的中学生却常有打进戏园看白戏的事。中学生能白看戏，小学生为什么不能白吃桃呢？我们都这样想，便由那提议人纠合了十几个同学，浩浩荡荡地向城外而去。到了 F 寺，气势不凡地叱着道人们（我们称寺里的工人为道人），立刻领我们向桃园里去。道人们踌躇着说："现在桃树刚才开花呢。"但是谁信道人们的话？我们终于到了桃园里。大家都丧了气，原来花是真开着呢！这时提议人 P 君便去折花。道人们是一直步步跟着的，立刻上前劝阻，而且用起手来。但 P 君是我们中最不好惹的；"说时迟，那时快"，一眨眼，花在他的手里，道人已跟跄在一旁了。那一园子的桃花，想来总该有些可看；我们却谁也没有想着去看。只嚷着，"没有桃子，得沏茶喝！"道人们满肚子委屈地引我们到"方丈"里，大家各喝一大杯茶。这才平了气，谈谈笑笑地进城去。大概我那时还只懂得爱一朵朵的栀子花，对于开在树上的桃花，是并不了然的；所以机会，便从眼前错过了。

以后渐渐念了些看花的诗，觉得看花颇有些意思。但到北平读了几年书，却只到过崇效寺一次；而去得又嫌早些，那有名的一株绿牡丹还未开呢。北平看花的事很盛，看花的地方也很多；但那时热闹的似乎也只有一班诗人名士，其余还是不相干的。那正是新文学运动的起头，我们这些少年，对于旧诗和那一班诗人名士，实在有些不敬；而看花的地方又都远不可言，我是一个懒人，便干脆地断了那条心了。后来到杭州做事，遇见了 Y 君，他是新诗人兼旧诗人，看花的兴致很好。我和他常到孤山去看梅花。孤山的梅花是古今有名的，但太少；又没有临水的，人也太多。有一回坐在放鹤亭上喝茶,来了一个面有须,穿着花缎马褂的人,用湖南口音和人打招呼道,"梅花盛开嗒!""盛"字说得特别重,使我吃惊的也只是说在他嘴里"盛"这个声音罢了,花的盛不盛,在我倒并没有什么的。

有一回,Y来说,灵峰寺有三百株梅花;寺在山里,去的人也少。我和Y,还有N君,从西湖边雇船到岳坟,从岳坟入山。曲曲折折走了好一会,又上了许多石级,才到山上寺里。寺甚小,梅花便在大殿西边园中。园也不大,东墙下有三间净室,最宜喝茶看花;北边有座小山,山上有亭,大约叫"望海亭"吧,望海是未必,但钱塘江与西湖是看得见的。梅树确是不少,密密地低低地排列着。那时已是黄昏,寺里只我们三个游人;梅花并没有开,但那珍珠似的繁星似的骨朵儿,已经够可爱了;我们都觉得比孤山上盛开时有味。大殿上正做晚课,送来梵呗的声音,和着梅林中的暗香,真叫我们舍不得回去。在园里徘徊了一会,又在屋里坐了一会,天是黑定了,又没有月色,我们向庙里要一个旧灯笼,照着下山。路上几乎迷了道,又两次三番地狗咬;我们的Y诗人确有些窘了,但终于到了岳坟。船夫远远迎上来道:"你们来了,我想你们不会冤我呢!"在船上,我们还不离口地说着灵峰的梅花,直到湖边电灯光照到我们的眼。

Y回北平去了,我也到了白马湖。那边是乡下,只有沿湖与杨柳相间着种了一行小桃树,春天花开时,在风里娇媚地笑着。还有山里的杜鹃花也不少。这些日日在我们眼前,从没有人煞有介事地提议,"我们看花去。"但有一位S君,却特别爱养花;他家里几乎是终年不离花的。我们上他家去,总看他在那里不是拿着剪刀修理枝叶,便是提着壶浇水。我们常乐意看着。他院子里一株紫薇花很好,我们在花旁喝酒,不知多少次。白马湖住了不过一年，我却传染了他爱花的嗜好。但重到北平时，住在花事很盛的清华园里，接连过了三个春，却从未想到去看一回，只在第二年秋天，曾经和孙三先生在园里看过几次菊花。"清华园之菊"是著名的，孙三先生还特地写了一篇文，画了好些画。但那种一盆一干二花的养法，花是好了，总觉没有天然的风趣。直到去年春天，有了些余闲，在花开前，先向人问了些花的名字。一个好朋友是从知道姓名起的，我想看花也正是如此。恰好Y君也常来园中，我们一天三四趟地到那些花下去徘徊。今年Y君忙些，我便一个人去。我爱繁花老干的杏，临风婀娜的小红桃，贴梗累累如珠的紫荆；但最恋的是西府海棠。海棠的花繁得好，也淡得好；艳极了，却没有一丝荡意。疏疏的高干子，英气隐隐逼人。可惜没有趁着月色看过；王鹏运有两句词道："只愁淡月朦胧影，难验微波上下潮。"我想月下的海棠花，大约便是这种光景吧。为了海棠，前两天在城里特地冒了大风到中山公园去，看花的人倒也不少；但不知怎的，却忘了畿辅先哲祠。Y君告我那里的一株，遮住了大半个院子；别处的都向上长，这一株却是横里伸张的。花的繁没有法说；海棠本无香，昔人常以为恨，这里花太繁了，却酝酿出一种淡淡的香气，使人久闻不倦。Y君告我，正是刮了一日还不息的狂风的晚上；他是前一天去的。他说他去时地上已有落花了，这一日一夜的风，准完了。他说北平看花，是要赶着看的：春光太短了，又晴的日子多；今年算是有阴的日子了，但狂风还是逃不了的。我说北平看花，比别处有意思，也正在此。这时候，我似乎不甚菲薄那一班诗人名士了。

论无话可说

十年前我写过诗；后来不写诗了，写散文；入中年以后，散文也不大写得出了——现在是，比散文还要"散"的无话可说！许多人苦于有话说不出，另有许多人苦于有话无处说；他们的苦还在话中，我这无话可说的苦却在话外。我觉得自己是一张枯叶，一张烂纸，在这个大时代里。

在别处说过，我的"忆的路"是"平如砥"、"直如矢"的；我永远不曾有过惊心动魄的生活，即使在别人想来最风华的少年时代。我的颜色永远是灰的。我的职业是三个教书；我的朋友永远是那么几个，我的女人永远是那么一个。有些人生活太丰富了，太复杂了，会忘记自己，看不清楚自己，我是什么时候都"了了玲玲地"知道，记住，自己是怎样简单的一个人。

但是为什么还会写出诗文呢？——虽然都是些废话。这是时代为之！十年前正是五四运动的时期，大伙儿蓬蓬勃勃的朝气，紧逼着我这个年轻的学生；于是乎跟着人家的脚印，也说说什么自然，什么人生。但这只是些范畴而已。我是个懒人，平心而论，又不曾遭过怎样了不得的逆境；既不深思力索，又未亲自体验，范畴终于只是范畴，此处也只是廉价的，新瓶里装旧酒的感伤。当时芝麻黄豆大的事，都不惜郑重地写出来，现在看看，苦笑而已。

先驱者告诉我们说自己的话。不幸这些自己往往是简单的，说来说去是那一套；终于说的听的都腻了。——我便是其中的一个。这些人自己其实并没有什么话，只是说些中外贤哲说过的和并世少年将说的话。真正有自己的话要说的是不多的几个人；因为真正一面生活一面吟味那生活的只有不多的几个人。一般人只是生活，按着不同的程度照例生活。

这点简单的意思也还是到中年才觉出的；少年时多少有些热气，想不到这里。中年人无论怎样不好，但看事看得清楚，看得开，却是可取的。这时候眼前没有雾，顶上没有云彩，有的只是自己的路。他负着经验的担子，一步步踏上这条无尽的然而实在的路。他回看少年人那些情感的玩意，觉得一种轻松的意味。他乐意分析他背上的经验，不止是少年时的那些；他不愿远远地捉摸，而愿剥开来细细地看。也知道剥开后便没了那跳跃着的力量，但他不在乎这个，他明白在冷静中有他所需要的。这时候他若偶然说话，决不会是感伤的或印象的，他要告诉你怎样走着他的路，不然就是，所剥开的是些什么玩意。但中年人是很胆小的；他听别人的话渐渐多了，说了的他不说，说得好的他不说。所以终于往往无话可说——特别是一个寻常的人像我。但沉默又是寻常的人所难堪的，我说苦在话外，以此。

中年人若还打着少年人的调子，——姑不论调子的好坏——原也未尝不可，只总觉"像煞有介事"。他要用很大的力量去写出那冒着热气或流着眼泪的话；一个神经敏锐的人对于这个是不容易忍耐的，无论在自己在别人。这好比上了年纪的太太小姐们还涂脂抹粉地到大庭广众里去卖弄一般，是殊可不必的了。

其实这些都可以说是废话，只要想一想咱们这年头。这年头要的是"代言人"，而且将一切说话的都看作"代言人"；压根儿就无所谓自己的话。这样一来，如我辈者，倒可以将从前狂妄之罪

减轻，而现在是更无话可说了。

　　但近来在戴译《唯物史观的文学论》里看到，法国俗语"无话可说"竟与"一切皆好"同意。呜呼，这是多么损的一句话，对于我，对于我的时代！

沉　　默

　　沉默是一种处世哲学,用得好时,又是一种艺术。

　　谁都知道口是用来吃饭的,有人却说是用来接吻的。我说没有错儿;但是若统计起来,口的最多的(也许不是最大的)用处,还应该是说话,我相信。按照时下流行的议论,说话大约也算是一种"宣传",自我的宣传。所以说话彻头彻尾是为自己的事。若有人一口咬定是为别人,凭种种神圣的名字;我却也愿意让步,请许我这样说:说话有时的确只是间接地为自己,而直接的算是为别人!

　　自己以外有别人,所以要说话;别人也有别人的自己,所以又要少说话或不说话。于是乎我们要懂得沉默。你若念过鲁迅先生的《祝福》,一定会立刻明白我的意思。

　　一般人见生人时,大抵会沉默的,但也有不少例外。常在火车轮船里,看见有些人迫不及待似的到处向人问讯,攀谈,无论那是搭客或茶房,我只有羡慕这些人的健康;因为在这样的旅行中,竟会不感觉一点儿疲倦! 见生人的沉默,大约由于原始的恐惧,但是似乎也还有别的。假如这个生人的名字,你全然不熟悉,你所能做的工作,自然只是有意或无意的防御——像防御一个敌人。沉默便是最安全的防御战略。你不一定要他知道你,更不想让他发现你的可笑的地方——一个人总有些可笑的地方不是? ——;

你只让他尽量说他所要说的,若他是个爱说的人。末了你恭恭敬敬和他分别。假如这个生人,你愿意和他做朋友,你也还是得沉默。但是得留心听他的话,选出几处,加以简短的,相当的赞词;至少也得表示相当的意见。这就是知己的开场,或说起码的知己也可。假如这个人是你所敬仰的或未必敬仰的"大人物",你记住,更不可不沉默!大人物的言语,乃至脸色眼光,都有异样的地方;你最好远远地坐着,让那些勇敢的同伴上前线去。自然,我说的只是你偶然地遇着或随众访问大人物的时候。若你愿意专诚拜谒,你得另想办法;在我,那却是一件可怕的事。你看看大人物与非大人物或大人物与大人物间谈话的情形,准可以满足,而不用从牙缝里迸出一个字。说话是一件费神的事,能少说或不说以及应少说或不说的时候,沉默实在是长寿之道。至于自我宣传,诚哉重要——谁能不承认这是重要呢?但对于生人,这是白费的;他不会领略你宣传的旨趣,只暗笑你的宣传热;他会忘记得干干净净,在和你一鞠躬或一握手以后。

朋友和生人不同,就在于他们能听也肯听你的说话——宣传。这不用说是交换的,但是就是交换地也好。他们在不同的程度下了解你,谅解你;他们对于你有了相当的趣味和礼貌。你的话满足他们的好奇心,他们就趣味地听着;你的话严肃或悲哀,他们因为礼貌的缘故,也能暂时跟着你严肃或悲哀。在后一种情形里,满足的是你;他们所感到的倒怕是矜持的气氛。他们知道"应该"怎样做;这其实是一种牺牲,"应该"也"值得"感谢的。但是即使在知己的朋友面前,你的话也还不应该说得太多;同样的故事,情感,和警句,隽语,也不宜重复地说。《祝福》就是一个好榜样。你应该相当的节制自己,不可妄想你的话占领朋友们整个的心——你自己的心,也不会让别人完全占领呀。你更应该知道怎样藏匿你自己。只有不可知，不可得的，才有人去追求；你若将所有的尽给了别人，你对于别人，对于世界，将没有丝毫意义，正和医学生实习解剖时用过的尸体一样。那时是不可思议的孤独，你将不能支持自己，而倾扑到无底的黑暗里去。一个情人常喜欢说："我愿意将所有的都献给你！"谁真知道他或她所有的是些什么呢？第一个说这句话的人，只是表示自己的慷慨，至多也只是表示一种理想；以后跟着说的，更只是"口头禅"而已。所以朋友间，甚至恋人间，沉默还是不可少的。你的话应该像黑夜的星星，不应该像除夕的爆竹——谁稀罕那彻宵的爆竹呢？而沉默有时更有诗意。譬如在下午，在黄昏，在深夜，在大而静的屋子里，短时的沉默，也许远胜于连续不断的倦怠了的谈话。有人称这种境界为"无言之美"，你瞧，多漂亮的名字！——至于所谓"拈花微笑"，那更了不起了！

可是沉默也有不行的时候。人多时你容易沉默下去，一主一客时，就不准行。你的过分沉默，也许把你的生客惹恼了，赶跑了！倘使你愿意赶他，当然很好；倘使你不愿意呢，你就得不时的让他喝茶，抽烟，看画片，读报，听话匣子，偶然也和他谈谈天气，时局——只是复述报纸的记载，加上几个不能解决的疑问——，总以引他说话为度。于是你点点头，哼哼鼻子，时而叹叹气，听着。他说完了，你再给起个头，照样的听着。但是我的朋友遇见过一个生客，他是一位准大人物，因某种礼貌关系去看我的朋友。他坐下时，将两手笼起，搁在桌上。说了几句话，就止住了，两眼炯炯地直看着我的朋友。我的朋友窘极，好容易陆陆续续地找出一句半句话来敷衍。这自然也是沉默的一种用法，是上司对属僚保持威严用的。用在一般交际里，未免太露骨了；而在上述的情形中，不为主人留一些余地，更属无礼。大人物以及准大人物之可怕，正在此等处。至于应付的方法，其实倒也有，那还是沉默；只消照样笼了手，和他对看起来，他大约也就无可奈何了罢？

《梅花》后记

这一卷诗稿的运气真坏！我为它碰过好几回壁，几乎已经绝望。现在承开明书店主人的好意，答应将它印行，让我尽了对于亡友的责任，真是感激不尽！

偶然翻阅卷前的序，后面记着一九二四年二月；算来已是四年前的事了。而无隅的死更在前一年。这篇序写成后，曾载在《时事新报》的《文学旬刊》上。那时即使有人看过，现在也该早已忘怀了吧？无隅的棺木听说还停在上海某处；但日月去得这样快，五年来人事代谢，即在无隅的亲友，他的名字也已有点模糊了吧？想到此，颇有些莫名的寂寞了。

我与无隅末次聚会，是在上海西门三德里(?)一个楼上。那时他在美术专门学校学西洋画，住着万年桥附近小弄堂里一个亭子间。我是先到了那里，再和他同去三德里的。那一暑假，我从温州到上海来玩儿；因为他春间交给我的这诗稿还未改好，所以一面访问，一面也给他个信。见面时，他那瘦黑的，微笑的脸，还和春间一样；从我认识他时，他的脸就是这样。我怎么也想不到，隔了不久的日子，他会突然离我们而去！——但我在温州得信很晚，记得仿佛已在他死后一两个月；那时我还忙着改这诗稿，打算寄给他呢。

他似乎没有什么亲戚朋友，至少在上海是如此。他的病情和死期，没人能说得清楚，我至今也还有些茫然；只知道病来得极猛，而又没钱好好医治而已。后事据说是几个同乡的学生凑了钱办的。他们大抵也没钱，想来只能草草收殓罢了。棺木是寄在某处。他家里想运回去，苦于没有这笔钱——虽然不过几十元。他父亲与他朋友林醒民君都指望这诗稿能卖得一点钱。不幸碰了四回壁，还留在我手里；四个年头已飞也似地过去了。自然，这其间我也得负多少因循的责任。直到现在，卖是卖了，想起无隅的那薄薄的棺木，在南方的潮湿里，在数年的尘封里，还不知是什么样子！其实呢，一堆腐骨，原无足惜；但人究竟是人，明知是迷执，打破却也不易的。

无隅的父亲到温州找过我，那大约是一九二二年的春天吧。一望而知，这是一个老实的内地人。他很愁苦地说，为了无隅读书，家里已用了不少钱。谁知道会这样呢？他说，现在无隅还有一房家眷要养活，运棺木的费，实在想不出法。听说他有什么稿子，请可怜可怜，给他想想法吧！我当时答应下来；谁知道一耽搁就是这些年头！后来他还转托了一位与我不相识的人写信问我。我那时已离开温州，因事情尚无头绪，一时忘了作覆，从此也就没有音信。现在想来，实在是很不安的。

我在序里略略提过林醒民君，他真是个值得敬爱的朋友！最热心无隅的事的是他；四年中不断地督促我的是他。我在温州的时候，他特地为了无隅的事，从家乡玉环来看我，又将我删改过的这诗稿，端端正正的抄了一遍，给编了目录，就是现在付印的稿本了。我去温州，他也到汉口宁波各地做事；常有信给我，信里总殷殷问起这诗稿。去年他到南洋去，临行还特地来信催我。他说无隅死了好几年了，仅存的一卷诗稿，还未能付印，真是一件难以放下的心事；请再给向什么地方试试，怎样？他到南洋后，至今尚无消息，海天远隔，我也不知他在何处。现在想寄信由他家里转，让他知道这诗稿已能付印；他定非常高兴的。古语说，"一死一生，乃见交情；"他之于无隅，这五年以来，有如一日，真是人所难能的！

关心这诗稿的，还有白采与周了因两位先生。白先生有一篇小说，叫《作诗的儿子》，是纪念无隅的，里面说到这诗稿。那时我还在温州。他将这篇小说由平伯转寄给我，附了一信，催促我设法付印。他和平伯，和我，都不相识；因这一来，便与平伯常常通信，后来与我也常通信了。这也算很巧的一段因缘。我又告诉醒民，醒民也和他写了几回信。据醒民说，他曾经一度打算出资印这诗稿；后来因印自己的诗，力量来不及，只好罢了。可惜这诗稿现在行将付印，而他已死了三年，竟不能见着了！周了因先生，据醒民说，也是无隅的好友。醒民说他要给这诗稿写一篇序，又要写一篇无隅的传。但又说他老是东西飘泊着，没有准儿；只要有机会将这诗稿付印，也就不必等他的文章了。我知道他现在也在南洋什么地方；路是这般远，我也只好不等他了。

春余夏始，是北京最好的日子。我重翻这诗稿，温寻着旧梦，心上倒像有几分秋意似的。

给　亡　妇

谦，日子真快，一眨眼你已经死了三个年头了。这三年里世事不知变化了多少回，但你未必注意这些个，我知道。你第一惦记的是你几个孩子，第二便轮着我。孩子和我平分你的世界，你在日如此；你死后若还有知，想来还如此的。告诉你，我夏天回家来着：迈儿长得结实极了，比我高一个头。闰儿父亲说是最乖，可是没有先前胖了。采芷和转子都好。五儿全家夸她长得好看；却在腿上生了湿疮，整天坐在竹床上不能下来，看了怪可怜的。六儿，我怎么说好，你明白，你临终时也和母亲谈过，这孩子是只可以养着玩儿的，他左挨右挨去年春天，到底没有挨过去。这孩子生了几个月，你的肺病就重起来了。我劝你少亲近他，只监督着老妈子照管就行。你总是忍不住，一会儿提，一会儿抱的。可是你病中为他操的那一份儿心也够瞧的。那一个夏天他病的时候多，你成天儿忙着，汤呀，药呀，冷呀，暖呀，连觉也没有好好儿睡过。那里有一分一毫想着你自己。瞧着他硬朗点儿你就乐，干枯的笑容在黄蜡般的脸上，我只有暗中叹气而已。

从来想不到做母亲的要像你这样。从迈儿起，你总是自己喂乳，一连四个都这样。你起初不知道按钟点儿喂，后来知道了，却又弄不惯；孩子们每夜里几次将你哭醒了，特别是闷热的夏季。

我瞧你的觉老没睡足。白天里还得做菜,照料孩子,很少得空儿。你的身子本来坏,四个孩子就累你七八年。到了第五个,你自己实在不成了,又没乳,只好自己喂奶粉,另雇老妈子专管她。但孩子跟老妈子睡,你就没有放过心;夜里一听见哭,就竖起耳朵听,工夫一大就得过去看。十六年初,和你到北京来,将迈儿,转子留在家里;三年多还不能去接他们,可真把你惦记苦了。你并不常提,我却明白。你后来说你的病就是惦记出来的;那个自然也有份儿,不过大半还是养育孩子累的。你的短短的十二年结婚生活,有十一年耗费在孩子们身上;而你一点不厌倦,有多少力量用多少,一直到自己毁灭为止。你对孩子一般儿爱,不问男的女的,大的小的。也不想到什么"养儿防老,积谷防饥",只拚命的爱去。你对于教育老实说有些外行,孩子们只要吃得好玩得好就成了。这也难怪你,你自己便是这样长大的。况且孩子们原都还小,吃和玩本来也要紧的。你病重的时候最放不下的还是孩子。病的只剩皮包着骨头了,总不信自己不会好;老说:"我死了,这一大群孩子可苦了。"后来说送你回家,你想着可以看见迈儿和转子,也愿意;你万不想到会一走不返的。我送车的时候,你忍不住哭了,说:"还不知能不能再见?"可怜,你的心我知道,你满想着好好儿带着六个孩子回来见我的。谦,你那时一定这样想,一定的。

除了孩子,你心里只有我。不错,那时你父亲还在;可是你母亲死了,他另有个女人,你老早就觉得隔了一层似的。出嫁后第一年你虽还一心一意依恋着他老人家,到第二年上我和孩子可就将你的心占住,你再没有多少工夫惦记他了。你还记得第一年我在北京,你在家里。家里来信说你待不住,常回娘家去。我动气了,马上写信责备你。你教人写了一封覆信,说家里有事,不能不回去。这是你第一次也可以说第末次的抗议,我从此就没给你写信。暑假时带了一肚子主意回去,但见了面,看你一脸笑,也就拉倒了。打这时候起,你渐渐从你父亲的怀里跑到我这儿。你换了金镯子帮助我的学费,叫我以后还你;但直到你死,我没有还你。你在我家受了许多气,又因为我家的缘故受你家里的气,你都忍着。这全为的是我,我知道。那回我从家乡一个中学半途辞职出走。家里人讽你也走。哪里走!只得硬着头皮往你家去。那时你家像个冰窖子,你们在窖里足足住了三个月。好容易我才将你们领出来了,一同上外省去。小家庭这样组织起来了。你虽不是什么阔小姐,可也是自小娇生惯养的,做起主妇来,什么都得干一两手;你居然做下去了,而且高高兴兴地做下去了。菜照例满是你做,可是吃的都是我们;你至多夹上两三筷子就算了。你的菜做得不坏,有一位老在行大大地夸奖过你。你洗衣服也不错,夏天我的绸大褂大概总是你亲自动手。你在家老不乐意闲着;坐前几个"月子",老是四五天就起床,说是躺着家里事没条没理的。其实你起来也还不是没条理;咱们家那么多孩子,哪儿来条理?在浙江住的时候,逃过两回兵难,我都在北平。真亏你领着母亲和一群孩子东藏西躲的;末一回还要走多少里路,翻一道大岭。这两回差不多只靠你一个人。你不但带了母亲和孩子们,还带了我一箱箱的书;你知道我是最爱书的。在短短的十二年里,你操的心比人家一辈子还多;谦,你那样身子怎么经得住!你将我的责任一股脑儿担负了去,压死了你;我如何对得起你!

你为我的捞什子书也费了不少神;第一回让你父亲的男佣人从家乡捎到上海去。他说了几句闲话,你气得在你父亲面前哭了。第二回是带着逃难,别人都说你傻子。你有你的想头:"没有书怎么教书?况且他又爱这个玩意儿。"其实你没有晓得,那些书丢了也并不可惜;不过教你怎么晓得,我平常从来没和你谈过这些个!总而言之,你的心是可感谢的。这十二年里你为我吃的苦真不少,可是没有过几天好日子。我们在一起住,算来也还不到五个年头。无论日子怎么坏,无论是离是合,你从来没对我发过脾气,连一句怨言也没有。——别说怨我,就是怨命也没有过。老实说,我的脾气可不大好,迁怒的事儿有的是。那些时候你往往抽噎着流眼泪,从不回嘴,也不号啕。不过我也只信得过你一个人,有些话我只和你一个人说,因为世界上只你一个人真关心我,真同情我。你不但为我吃苦,更为我分苦;我之有我现在的精神,大半是你给我培养着的。这些年来我很少生病。但我最不耐烦生病,生了病就呻吟不绝,闹那伺候病的人。你是领教过一回的,那回只一两点钟,可是也够麻烦了。你常生病,却总不开口,挣扎着起来;一来怕搅我,二来怕没人做你那份儿事。我有一个坏脾气,怕听人生病,也是真的。后来你天天发烧,自己还以为南方带来的疟疾,一直瞒着我。明明躺着,听见我的脚步,一骨碌就坐起来。我渐渐有些奇怪,让大夫一瞧,这可糟了,你的一个肺已烂了一个大窟窿了!大夫劝你到西山去静养,你丢不下孩子,又舍不得钱;劝你在家里躺着,你也丢不下那份儿家务。越看越不行了,这才送你回去。明知凶多吉少,想不到只一个月工夫你就完了!本来盼望还见得着你,这一来可拉倒了。你也何尝想到这个?父亲告诉我,你回家独住着一所小住宅,还嫌没有客厅,怕我回去不便哪。

前年夏天回家,上你坟上去了。你睡在祖父母的下首,想来还不孤单的。只是当年祖父母的坟太小了,你正睡在圹底下。这叫做"抗圹",在生人看来是不安心的;等着想办法哪。那时圹上圹下密密地长着青草，朝露浸湿了我的布鞋。你刚埋了半年多，只有圹下多出一块土，别的全然看不出新坟的样子。我和隐今夏回去，本想到你的坟上来；因为她病了没来成。我们想告诉你，五个孩子都好，我们一定尽心教养他们，让他们对得起死了的母亲——你!谦，好好儿放心安睡吧，你。

春

盼望着，盼望着，东风来了，春天的脚步近了。

一切都像刚睡醒的样子，欣欣然张开了眼。山朗润起来了，水涨起来了，太阳的脸红起来了。

小草偷偷地从土里钻出来，嫩嫩的，绿绿的。园子里，田野里，瞧去一大片一大片满是的。坐着，躺着，打两个滚，踢几脚球，赛几趟跑，捉几回迷藏。风轻悄悄的，草软绵绵的。

桃树、杏树、梨树，你不让我，我不让你，都开满了花赶趟儿。红的像火，粉的像霞，白的像雪。花里带着甜味儿；闭了眼，树上仿佛已经满是桃儿、杏儿、梨儿。花下成千成百的蜜蜂嗡嗡地闹着，大小的蝴蝶飞来飞去。野花遍地是：杂样儿，有名字的，没名字的，散在草丛里像眼睛，像星星，还眨呀眨的。

"吹面不寒杨柳风"，不错的，像母亲的手抚摸着你。风里带来些新翻的泥土的气息，混着青草味儿，还有各种花的香，都在微微润湿的空气里酝酿。鸟儿将巢安在繁花嫩叶当中，高兴起来了，呼朋引伴地卖弄清脆的喉咙，唱出婉转的曲子，跟轻风流水应和着。牛背上牧童的短笛，这时候也成天嘹亮地响着。

雨是最寻常的，一下就是两三天。可别恼。看，像牛毛，像花针，像细丝，密密地斜织着，人家屋顶上全笼着一层薄烟。树叶儿却绿得发亮。小草儿也青得逼你的眼。傍晚时候，上灯了，一点点黄晕的光,烘托出一片安静而和平的夜。在乡下,小路上,石桥边,有撑着伞慢慢走着的人;地里还有工作的农民,披着蓑戴着笠。他们的房屋,稀稀疏疏的,在雨里静默着。

天上风筝渐渐多了,地上孩子也多了。城里乡下,家家户户,老老小小,也都赶趟儿似的,一个个都出来了。舒活舒活筋骨,抖擞抖擞精神,各做各的一份事儿去。"一年之计在于春",刚起头儿,有的是工夫,有的是希望。

春天像刚落地的娃娃,从头到脚都是新的,它生长着。

春天像小姑娘,花枝招展的,笑着,走着。

春天像健壮的青年,有铁一般的胳膊和腰脚,他领着我们上前去。

冬　天

　　说起冬天，忽然想到豆腐。是一"小洋锅"（铝锅）白煮豆腐，热腾腾的。水滚着，像好些鱼眼睛，一小块一小块豆腐养在里面，嫩而滑，仿佛反穿的白狐大衣。锅在"洋炉子"（煤气炉）上，和炉子都熏得乌黑乌黑，越显出豆腐的白。这是晚上，屋子老了，虽点着"洋灯"，也还是阴暗。围着桌子坐着父亲跟我们哥儿三个。"洋炉子"太高了，父亲得常常站起来，微微地仰着脸，觑着眼睛，从氤氲的热气里伸进筷子，夹起豆腐，一一地放在我们的酱油碟里。我们有时也自己动手，但炉子实在太高了，总还是太高了，总还是坐享其成的多。这并不是吃饭，只是玩儿。父亲说晚上冷，吃了大家暖和些。我们都喜欢这种白水豆腐；一上桌就眼巴巴望着那锅，等着热气，等着热气里从父亲筷子上掉下来的豆腐。又是冬天，记得是阴历十一月十六晚上，跟S君P君在西湖里坐小划子。S君刚到杭州教书，事先来信说："我们要游西湖，不管它是冬天。"那晚月色真好，现在想起来还像照在身上。本来前一晚是"月当头"；也许十一月的月亮真有些特别吧。那时九点多了，湖上似乎只有我们一只划子。有点风，月光照着软软的水波；当间那一溜儿反光，像新研的银子。湖上的山只剩了淡淡的影子。山下偶尔有一两星灯火。S君口赞两句诗道："数星灯火认渔村，淡墨轻描远黛痕。"我们都不大说话，只有均匀的桨声。我渐渐地快睡着了。P君"喂"了一下,才抬起眼皮,看见他在微笑。船夫问要不要上净寺去;是阿弥陀佛生日,那边蛮热闹的。到了寺里,殿上灯烛辉煌,满是佛婆念佛的声音,好像醒了一场梦。这已是十多年前的事了,S君还常常通着信,P君听说转变了好几次,前年是在一个特税局里收特税了,以后便没有消息。

在台州过了一个冬天,一家四口。台州是个山城,可以说在一个大谷里。只有一条二里长的大街。别的路上白天简直不大见人;晚上一片漆黑。偶尔有人家窗户里透出一点灯光,还有走路的拿着的火把;但那是少极了。我们住在山脚下。有的是山上松林里的风声,跟天上一只两只的鸟影。夏末到那里,春初便走,却好像老在过着冬天似的;可是即便冬天也并不冷。我们住在楼上,书房临着大路;路上有人说话,可以清清楚楚地听见。但因为走路的人太少了,间或有点说话的声音,听起来还只当远风送来的,想不到就在窗外。我们是外路人,除上学校去之外,常只在家里坐着。妻也惯了那寂寞,只和我们爷儿们守着。外边虽老是冬天,家里却老是春天。有一回我上街去,回来的时候,楼下厨房的大方窗开着,并排地挨着她们母子三个;三张脸都带着天真微笑地向着我。似乎台州空空的,只有我们四人;天地空空的,也只有我们四人。那时是民国十年,妻刚从家里出来,满自在。现在她死了快四年了,我却还老记着她那微笑的影子。

无论怎么冷,大风大雪,想到这些,我心上总是温暖的。

择 偶 记

自己是长子长孙，所以不到十一岁就说起媳妇来了。那时对于媳妇这件事简直茫然，不知怎么一来，就已经说上了。是曾祖母娘家人，在江苏北部一个小县的乡下住着。家里人都在那里住过很久，大概也带着我；只是我太笨了，记忆里没有留下一点影子。祖母常常躺在烟榻上讲那边的事，提着这个那个乡下人的名字。起初一切都像只在那白腾腾的烟气里。日子久了，不知不觉熟悉起来了，亲昵起来了。除了住的地方，当时觉得那叫做"花园庄"的乡下实在是最有趣的地方了。因此听说媳妇就定在那里，倒也仿佛理所当然，毫无意见。每年那边田上有人来，蓝布短打扮，衔着旱烟管，带好些大麦粉，白薯干儿之类。他们偶然也和家里人提到那位小姐，大概比我大四岁，个儿高，小脚；但是那时我热心的其实还是那些大麦粉和白薯干儿。

记得是十二岁上，那边捎信来，说小姐痨病死了。家里并没有人叹惜；大约他们看见她还小，年代一多，也就想不清是怎样一个人了。父亲其时在外省做官，母亲颇为我亲事着急，便托了常来做衣服的裁缝做媒。为的是裁缝走的人家多，而且可以看见太太小姐。主意并没有错，裁缝来说一户人家，有钱，两位小姐，一位是姨太太生的；他给说的是正太太生的大小姐。他说那边要相亲。母亲答应了，定下日子，由裁缝带我上茶馆。记得那是冬天，到日子母亲让我穿上枣红宁绸袍子，黑宁绸马褂，戴上红帽结儿的黑红缎瓜皮小帽，又叮嘱自己留心些。茶馆里遇见那位相亲的先生，方面大耳，同我现在年纪差不多，布袍布马褂，像是给谁穿着孝。这个人倒是慈祥的样子，不住地打量我，也问了些念什么书之类的话。回来裁缝说人家看得很细：说我的"人中"长，不是短寿的样子，又看我走路，怕脚上有毛病。总算让人家看中了，该我们看人家了。母亲派亲信的老妈子去。老妈子的报告是，大小姐个儿比我大得多，坐下去满满一圈椅；二小姐倒苗苗条条的。母亲说胖了不能生育，像亲戚里谁谁谁；教裁缝说二小姐。那边似乎生了气，不答应，事情就推了。

母亲在牌桌上遇见一位太太，她有个女儿，透着聪明伶俐。母亲有了心，回家说那姑娘和我同年，跳来跳去的，还是个孩子。隔了些日子，便托人探探那边口气。那边做的官似乎比父亲的更小，那时正是光复的前年，还讲究这些，所以他们乐意做这门亲。事情已到九成九，忽然出了岔子。本家叔祖母用的一个寡妇老妈子熟悉这家子的事，不知怎么教母亲打听着了。叫她来问，她的话遮遮掩掩的。到底问出来了，原来那小姑娘是抱来的，可是她一家很宠她，和亲生的一样。母亲心冷了。过了两年，听说她已生了痨病，吸上鸦片烟了。母亲说，幸亏当时没有定下来。我已懂得一些事了，也这末想着。

光复那年，父亲生伤寒病，请了许多医生看。最后请着一位武先生，那便是我后来的岳父。有一天，常去请医生的听差回来说，医生家有位小姐。父亲既然病着，母亲自然更该担心我的事。一听这话，便追问下去。听差原只顺口谈天，也说不出个所以然。母亲便在医生来时，教人问他轿夫，那位小姐是不是他家的。轿夫说是的。母亲便和父亲商量，托舅舅问医生的意思。那天我正在父亲病榻旁，听见他们的对话。舅舅问明了小姐还没有人家，便说，像 X 翁这样人家怎么样？医生说，很好呀。话到此为止，接着便是相亲；还是母亲那个亲信的老妈子去。这回报告不坏，说就是脚大些。事情这样定局，母亲教轿夫回去说，让小姐裹上点儿脚。妻嫁过来后，说相亲的时候早躲开了，看见的是另一个人。至于轿夫捎的信儿，却引起了一段小小风波。岳父对岳母说，早教你给她裹脚，你不信；瞧，人家怎么说来着！岳母说，偏偏不裹，看他家怎么样！可是到底采取了折中的办法，直到妻嫁过来的时候。

潭柘寺 戒坛寺

　　早就知道潭柘寺,戒坛寺。在商务印书馆的《北平指南》上,见过潭柘的铜图,小小的一块,模模糊糊的,看了一点没有想去的意思。后来不断地听人说起这两座庙;有时候说路上不平静,有时候说路上红叶好。说红叶好的劝我秋天去;但也有人劝我夏天去。有一回骑驴上八大处,赶驴的问逛过潭柘没有,我说没有。他说潭柘风景好,那儿满是老道,他去过,离八大处七八十里地,坐轿骑驴都成。我不大喜欢老道的装束,尤其是那满蓄着的长头发,看上去啰里啰唆,龌里龌龊的。更不想骑驴走七八十里地,因为我知道驴子与我都受不了。真打动我的倒是"潭柘寺"这个名字。不懂不是?就是不懂的妙。躲懒的人念成"潭拓寺",那更莫名其妙了。这怕是中国文法的花样;要是来个欧化,说是"潭和柘的寺",那就用不着咬嚼或吟味了。还有在一部诗话里看见近人咏戒台松的七古,诗腾挪夭矫,想来松也如此。所以去。但是在夏秋之前的春天,而且是早春;北平的早春是没有花的。

　　这才认真打听去过的人。有的说住潭柘好,有的说住戒坛好。有的人说路太难走,走到了筋疲力尽,再没兴致玩儿;有人说走路有意思。又有人说,去时坐了轿子,半路上前后两个轿夫吵起来,把轿子搁下,直说不抬了。于是心中暗自决定,不坐轿,也不走路；取中道，骑驴子。又按普通说法，总是潭柘寺在前，戒坛寺在后，想着戒坛寺一定远些；于是决定住潭柘，因为一天回不来，必得住。门头沟下车时，想着人多，怕雇不着许多驴，但是并不然——雇驴的时候，才知道戒坛去便宜一半，那就是说近一半。这时候自己忽然逞起能来，要走路。走吧。

这一段路可够瞧的。像是河床，怎么也挑不出没有石子的地方，脚底下老是绊来绊去的，教人心烦。又没有树木，甚至于没有一根草。这一带原是煤窑，拉煤的大车往来不绝，尘土里饱和着煤屑，变成黯淡的深灰色，教人看了透不出气来。走一点钟光景。自己觉得已经有点办不了，怕没有走到便筋疲力尽；幸而山上下来一条驴，如获至宝似地雇下，骑上去。这一天东风特别大。平常骑驴就不稳，风一大真是祸不单行。山上东西都有路，很窄，下面是斜坡；本来从西边走，驴夫看风势太猛，将驴拉上东路。就这么着，有一回还几乎让风将驴吹倒；若走西边，没有准儿会驴我同归哪。想起从前人画风雪骑驴图，极是雅事；大概那不是上潭柘寺去的。驴背上照例该有些诗意，但是我，下有驴子，上有帽子眼镜，都要照管；又有迎风下泪的毛病，常要掏手巾擦干。当其时真恨不得生出第三只手来才好。

东边山峰渐起，风是过不来了；可是驴也骑不得了，说是坎儿多。坎儿可真多。这时候精神倒好起来了：崎岖的路正可以练腰脚，处处要眼到心到脚到，不像平地上。人多更有点竞赛的心理，总想走上最前头去，再则这儿的山势虽然说不上险，可是突兀，丑怪，巉刻的地方有的是。我们说这才有点儿山的意思；老像八大处那样，真教人气闷闷的。于是一直走到潭柘寺后门；这段坎儿路比风里走过的长一半，小驴毫无用处，驴夫说："咳，这不过给您做个伴儿！"

　　墙外先看见竹子，且不想进去。又密，又粗，虽然不够绿。北平看竹子，真不易。又想到八大处了，大悲庵殿前那一溜儿，薄得可怜，细得也可怜，比起这儿，真是小巫见大巫了。进去过一道角门，门旁突然亭亭地矗立着两竿粗竹子，在墙上紧紧地挨着；要用批文章的成语，这两竿竹子足称得起"天外飞来之笔"。

　　正殿屋角上两座琉璃瓦的鸱吻，在台阶下看，值得徘徊一下。神话说殿基本是青龙潭，一夕风雨，顿成平地，涌出两鸱吻。只可惜现在的两座太新鲜，与神话的朦胧幽秘的境界不相称。但是还值得看，为的是大得好，在太阳里嫩黄得好，闪亮得好；那拴着的四条黄铜链子也映衬得好。寺里殿很多，层层折折高上去，走起来已经不平凡，每殿大小又不一样，塑像摆设也各出心裁。看完了，还觉得无穷无尽似的。正殿下延清阁是待客的地方，远处群山像屏障似的。屋子结构甚巧，穿来穿去，不知有多少间，好像一所大宅子。可惜尘封不扫，我们住不着。话说回来，这种屋子原也不是预备给我们这么多人挤着住的。寺门前一道深沟，上有石桥；那时没有水，若是现在去，倚在桥上听潺潺的水声，倒也可以忘我忘世。过桥四株马尾松，枝枝覆盖，叶叶交通，另成一个境界。西边小山上有个古观音洞。洞无可看，但上去时在山坡上看潭柘的侧面，宛如仇十洲的《仙山楼阁图》；往下看是陡峭的沟岸，越显得深深无极，潭柘简直有海上蓬莱的意味了。寺以泉水著名，到处有石槽引水长流，倒也涓涓可爱。只是流觞亭雅得那样俗，在石地上楞刻着蚯蚓般的槽；那样流觞，怕只有孩子们愿意干。现在兰亭的"流觞曲水"也和这儿的一鼻孔出气，不过规模大些。晚上因为带的铺盖薄，冻得睁着眼，却听了一夜的泉声；心里想要不冻着，这泉声够多清雅啊！寺里并无一个老道，但那几个和尚，满身铜臭，满眼势利，教人老不能忘记，倒也麻烦的。

第二天清早，二十多人满雇了牲口，向戒坛而去，颇有浩浩荡荡之势。我的是一匹骡子，据说稳得多。这是第一回，高高兴兴骑上去。这一路要翻罗喉岭。只是土山，可是道儿窄，又曲折；虽不高，老那么凸凸凹凹的。许多处只容得一匹牲口过去。平心说，是险点儿。想起古来用兵，从间道袭敌人，许也是这种光景吧。

戒坛在半山上，山门是向东的。一进去就觉得平旷；南面只有一道低低的砖栏，下边是一片平原，平原尽处才是山，与众山屏蔽的潭柘气象便不同。进二门，更觉得空阔疏朗，仰看正殿前的平台，仿佛汪洋千顷。这平台东西很长，是戒坛最胜处，眼界最宽，教人想起"振衣千仞冈"的诗句。三株名松都在这里。"卧龙松"与"抱塔松"同是偃仆的姿势，身躯奇伟，鳞甲苍然，有飞动之意。"九龙松"老干槎枒，如张牙舞爪一般。若在月光底下，森森然的松影当更有可看。此地最宜低徊流连，不是匆匆一览所可领略。潭柘以层折胜，戒坛以开朗胜；但潭柘似乎更幽静些。戒坛的和尚，春风满面，却远胜于潭柘的；我们之中颇有悔不该在潭柘的。戒坛后山上也有个观音洞。洞宽大而深，大家点了火把嚷嚷闹闹地下去；半里光景的洞满是油烟，满是声音。洞里有石虎，石龟，上天梯，海眼等等，无非是凑凑人的热闹而已。

还是骑骡子。回到长辛店的时候，两条腿几乎不是我的了。

蒙 自 杂 记

　　我在蒙自住过五个月,我的家也在那里住过两个月。我现在常常想起这个地方,特别是在人事繁忙的时候。

　　蒙自小得好,人少得好。看惯了大城的人,见了蒙自的城圈儿会觉得像玩具似的,正像坐惯了普通火车的人,乍踏上个碧石小火车,会觉得像玩具似的一样。但是住下来,就渐渐觉得有意思。城里只有一条大街,不消几趟就走熟了。书店,文具店,点心店,电筒店,差不多闭了眼可以找到门儿。城外的名胜去处,南湖,湖里的嵩岛,军山,三山公园,一下午便可走遍,怪省力的。不论城里城外,在路上走,有时候会看不见一个人。整个儿天地仿佛是自己的;自我扩展到无穷远,无穷大。这教我想起了台州和白马湖,在那两处住的时候,也有这种静味。

　　大街上有一家卖糖粥的,带着卖煎粑粑。桌子凳子乃至碗匙等都很干净,又便宜,我们联大师生照顾的特别多。掌柜是个四川人,姓雷,白发苍苍的。他脸上常挂着微笑,却并不是巴结顾客的样儿。他爱点古玩什么的,每张桌子上,竹器瓷器占着一半儿;糖粥和粑粑便摆在这些桌子上吃。他家里还藏着些"精品",高兴的时候,会特地去拿来请顾客赏玩一番。老头儿有个老伴儿,带一个伙计,就这么活着,倒也自得其乐。我们管这个铺子叫"雷稀饭",管那掌柜的也叫这名儿;他的人缘儿是很好的。

城里最可注意的是人家的门对儿。这里许多门对儿都切合着人家的姓。别地方固然也有这么办的,但没有这里的多。散步的时候边看边猜,倒很有意思。但是最多的是抗战的门对儿。昆明也有,不过按比例说,怕不及蒙自的多;多了,就造成一种氛围气,叫在街上走的人不忘记这个时代的这个国家。这似乎也算利用旧形式宣传抗战建国,是值得鼓励的。眼前旧历年就到了,这种抗战春联,大可提倡一下。

蒙自的正式宣传工作,除党部的标语外,教育局的努力,也值得记载。他们将一座旧戏台改为演讲台,又每天张贴油印的广播消息。这都是有益民众的。他们的经费不多,能够逐步做去,是很有希望的。他们又帮忙北大的学生办了一所民众夜校。报名的非常踊跃,但因为教师和座位的关系,只收了二百人。夜校办了两三个月,学生颇认真,成绩相当可观。那时蒙自的联大要搬到昆明来,便只得停了。教育局长向我表示很可惜;看他的态度,他说的是真心话。蒙自的民众相当的乐意接受宣传。联大的学生曾经来过一次灭蝇运动。四五月间蒙自苍蝇真多。有一位朋友在街上笑了一下,一张口便飞进一个去。灭蝇运动之后,街上许多食物铺子,备了冷布罩子,虽然简陋,不能不说是进步。铺子的人常和我们说,"这是你们来了之后才有的呀。"可见他们是很虚心的。

蒙自有个火把节,四乡是在阴历六月二十四晚上,城里是二十五晚上。那晚上城里人家都在门口烧着芦秆或树枝,一处处一堆堆熊熊的火光,围着些男男女女大人小孩;孩子们手里更提着烂布浸油的火球儿晃来晃去的,跳着叫着,冷静的城顿然热闹起来。这火是光,是热,是力量,是青年。四乡地方空阔,都用一棵棵小树烧;想像着一片茫茫的大黑暗里涌起一团团的热火,光景够雄伟的。四乡那些夷人,该更享受这个节,他们该更热烈的跳着叫着罢。这也许是个被除节，但暗示着生活力的伟大，是个有意义的风俗；在这抗战时期，需要鼓舞精神的时期，它的意义更是深厚。

南湖在冬春两季水很少，有一半简直干得不剩一点二滴儿。但到了夏季，涨得溶溶滟滟的，真是返老还童一般。湖提上种了成行的由加利树；高而直的干子，不差什么也有"参天"之势，细而长的叶子，像惯于拂水的垂杨，我一站到堤上禁不住想到北平的什刹海。再加上嵩岛那一带田田的荷叶，亭亭的荷花，更像什刹海了。嵩岛是个好地方，但我看还不如三山公园曲折幽静。这里只有三个小土堆儿，几个朴素小亭儿。可是回旋起伏，树木掩映，这儿那儿更点缀着一些石桌石墩之类；看上去也罢，走起来也罢，都让人有点余味可以咀嚼似的。这不能不感谢那位李嵩军长。南湖上的路都是他的军士筑的，嵩岛和军山也是他重新修整的；而这个小小的公园，更见出他的匠心。这一带他写的匾额很多。他自然不是画家，不过笔势瘦硬，颇有些英气。

联大租借了海关和东方汇理银行旧址，是蒙自最好的地方。海关里高大的由加利树，和一片软软的绿草是主要的调子，进了门不但心胸一宽，而且周身觉得润润的。树头上好些白鹭，和北平太庙里的"灰鹤"是一类，北方叫做"老等"。那洁白的羽毛，那伶俐的姿态，耐人看，一清早看尤好。在一个角落里有一条灌木林的甬道，夜里月光从叶缝里筛下来，该是顶有趣的。另一个角落长着些芒果树和木瓜树，可惜太阳力量不够，果实结得不肥，但沾着点热带味，也叫人高兴。银行里花多，遍地的颜色，随时都有，不寂寞。最艳丽的要数叶子花。花是浓浓的紫，脉络分明，一丛丛的，一片片的，真是"浓得化不开"。花开的时候真久。我们四月里去，它就开了，八月里走，它还没谢呢。

论 诚 意

诚伪是品性，却又是态度。从前论人的诚伪，大概就品性而言。诚实，诚笃，至诚，都是君子之德；不诚便是诈伪的小人。品性一半是生成，一半是教养；品性的表现出于自然，是整个儿的为人。说一个人是诚实的君子或诈伪的小人，是就他的行迹总算帐。君子大概总是君子，小人大概总是小人。虽然说气质可以变化，盖了棺才能论定人，那只是些特例。不过一个社会里，这种定型的君子和小人并不太多，一般常人都浮沉在这两界之间。所谓浮沉，是说这些人自己不能把握住自己，不免有诈伪的时候。这也是出于自然。还有一层，这些人对人对事有时候自觉的加减他们的诚意，去适应那局势。这就是态度。态度不一定反映出品性来；一个诚实的朋友到了不得已的时候，也会撒个谎什么的。态度出于必要，出于处世的或社交的必要，常人是免不了这种必要的。这是"世故人情"的一个项目。有时可以原谅，有时甚至可以容许。态度的变化多，在现代多变的社会里也许更会使人感兴趣些。我们嘴里常说的，笔下常写的"诚恳""诚意"和"虚伪"等词，大概都是就态度说的。

但是一般人用这几个词似乎太严格了一些。照他们的看法，不诚恳无诚意的人就未免太多。而年轻人看社会上的人和事，除了他们自己以外差不多尽是虚伪的。这样用"虚伪"那个词，又似乎太宽泛了一些。这些跟老先生们开口闭口说"人心不古，世风日下"同样犯了笼统的毛病。一般人似乎将品性和态度混为一谈，年轻人也如此，却又加上了"天真""纯洁"种种幻想。诚实的品性确是不可多得，但人孰无过，不论那方面，完人或圣贤总是很少的。我们恐怕只能宽大些，卑之无甚高论，从态度上着眼。不然无谓的烦恼和纠纷就太多了。至于天真纯洁，似乎只是儿童的本分——老气横秋的儿童实在不顺眼。可是一个人若总是那么天真纯洁下去，他自己也许还没有什么，给别人的麻烦却就太多。有人赞美"童心""孩子气"，那也只限于无关大体的小节目，取其可以调剂调剂平板的氛围气。若是重要关头也如此，那时天真恐怕只是任性，纯洁恐怕只是无知罢了。幸而不诚恳，无诚意，虚伪等等已经成了口头禅，一般人只是跟着大家信口说着，至多皱皱眉，冷笑笑，表示无可奈何的样子就过去了。自然也短不了认真的，那却苦了自己，甚至于苦了别人。年轻人容易认真，容易不满意，他们的不满意往往是社会改革的动力。可是他们也得留心，若是在诚伪的分别上认真得过了分，也许会成为虚无主义者。

人与人事与事之间各有分际，言行最难得恰如其分。诚意是少不得的，但是分际不同，无妨斟酌加减点儿。种种礼数或过场就是从这里来的。有人说礼是生活的艺术，礼的本意应该如此。日常生活里所谓客气，也是一种礼数或过场。有些人觉得客气太拘形迹，不见真心，不是诚恳的态度。这些人主张率性自然。率性自然未尝不可，但是得看人去。若是一见生人就如此这般，就有点野了。即使熟人，毫无节制的率性自然也不成。夫妇算是熟透了的，有时还得"相敬如宾"，别人可想而知。总之，在不同的局势下，率性自然可以表示诚意，客气也可以表示诚意，不过诚意的程度不一样罢了。客气要大方，合身份，不然就是诚意太多；诚意太多,诚意就太贱了。

看人,请客,送礼,也都是些过场。有人说这些只是虚伪的俗套,无聊的玩意儿。但是这些其实也是表示诚意的。总得心里有这个人,才会去看他,请他,送他礼,这就有诚意了。至于看望的次数,时间的长短,请作主客或陪客,送礼的情形,只是诚意多少的分别,不是有无的分别。看人又有回看,请客有回请,送礼有回礼,也只是回答诚意。古语说得好,"来而不往非礼也",无论古今,人情总是一样的。有一个人送年礼,转来转去,自己送出去的礼物,有一件竟又回到自己手里。他觉得虚伪无聊,当作笑谈。笑谈确乎是的,但是诚意还是有的。又一个人路上遇见一个本不大熟的朋友向他说,"我要来看你。"这个人告诉别人说,"他用不着来看我,我也知道他不会来看我,你瞧这句话才没意思哪!"那个朋友的诚意似乎是太多了。凌叔华女士写过一个短篇小说,叫做《外国规矩》,说一位青年留学生陪着一位旧家小姐上公园,尽招呼她这样那样的。她以为让他爱上了,哪里知道他行的只是"外国规矩"!这喜剧由于那位旧家小姐不明白新礼数,新过场,多估量了那位留学生的诚意。可见诚意确是有分量的。

人为自己活着,也为别人活着。在不伤害自己身份的条件下顾全别人的情感,都得算是诚恳,有诚意。这样宽大的看法也许可以使一些人活得更有兴趣些。西方有句话,"人生是做戏。"做戏也无妨,只要有心往好里做就成。客气等等一定有人觉得是做戏,可是只要为了大家好,这种戏也值得做的。另一方面,诚恳,诚意也未必不是戏。现在人常说,"我很诚恳的告诉你","我是很有诚意的",自己标榜自己的诚恳,诚意,大有卖瓜的说瓜甜的神气,诚实的君子大概不会如此。不过一般人也已习惯自然,知道这只是为了增加诚意的分量,强调自己的态度,跟买卖人的吆喝到底不是一回事儿。常人到底是常人，得跟着局势斟酌加减他们的诚意，变化他们的态度；这就不免沾上了些戏味。西方还有句话，"诚实是最好的政策"，"诚实"也只是态度；这似乎也是一句戏词儿。

论 别 人

有自己才有别人，也有别人才有自己。人人都懂这个道理，可是许多人不能行这个道理。本来自己以外都是别人，可是有相干的，有不相干的。可以说是"我的"那些，如我的父母妻子，我的朋友等，是相干的别人，其余的是不相干的别人。相干的别人和自己合成家族亲友；不相干的别人和自己合成社会国家。自己也许愿意只顾自己，但是自己和别人是相对的存在，离开别人就无所谓自己，所以他得顾到家族亲友，而社会国家更要他顾到那些不相干的别人。所以"自了汉"不是好汉，"自顾自"不是好话，"自私自利"，"不顾别人死活"，"只知有己，不知有人"的，更都不是好人。所以孔子之道只是个忠恕：忠是己之所欲，以施于人，恕是"己所不欲，勿施于人"。这是一件事的两面，所以说"一以贯之"。孔子之道，只是教人为别人着想。

可是儒家有"亲亲之杀"的话，为别人着想也有个层次。家族第一，亲戚第二，朋友第三，不相干的别人挨边儿。几千年来顾家族是义务，顾别人多多少少只是义气；义务是分内，义气是分外。可是义务似乎太重了，别人压住了自己。这才来了五四时代。这是个自我解放的时代，个人从家族的压迫下挣出来，开始独立在社会上。于是乎自己第一，高于一切，对于别人，几乎什么义务也没有了似的。可是又都要改造社会，改造国家，甚至于改造世界，说这些是自己的责任。虽然是责任，却是无限的责任，爱尽不尽，爱尽多少尽多少；反正社会国家世界都可以只是些抽象名词，不像一家老小在张着嘴等着你。所以自己顾自己，在实际上第一，兼顾社会国家世界，在名义上第一。这算是义务。顾到别人，无论相干的不相干的，都只是义气，而且是客气。这些解放了的，以及生得晚没有赶上那种压迫的人，既然自己高于一切，别人自当不在眼下，而居然顾到别人，自当算是客气。其实在这些天子骄子各自的眼里，别人都似乎为自己活着，都得来供养自己才是道理。"我爱我"成为风气，处处为自己着想，说是"真"；为别人着想倒说是"假"，是"虚伪"。可是这儿"假"倒有些可爱，"真"倒有些可怕似的。

为别人着想其实也只是从自己推到别人，或将自己当作别人，和为自己着想并无根本的差异。不过推己及人，设身处地，确需要相当的勉强，不像"我爱我"那样出于自然。所谓"假"和"真"大概是这种意思。这种"真"未必就好，这种"假"也未必就是不好。读小说看戏，往往会为书中人戏中人捏一把汗，掉眼泪，所谓替古人担忧。这也是推己及人，设身处地；可是因为人和地只在书中戏中，并非实有，没有利害可计较，失去相干的和不相干的那分别，所以"推""设"起来，也觉自然而然。作小说的演戏的就不能如此，得观察，揣摩，体贴别人的口气，身份，心理，才能达到"逼真"的地步。特别是演戏，若不能忘记自己，那非糟不可。这个得勉强自己，训练自己；训练越好，越"逼真"，越美，越能感染读者和观众。如果"真"是"自然"，小说的读者，戏剧的观众那样为别人着想，似乎不能说是"假"。小说的作者，戏剧的演员的观察，揣摩，体贴，似乎"假"，可是他们能以达到"逼真"的地步，所求的还是"真"。在文艺里为别人着想是"真"，在实生活里却说是"假"，

"虚伪",似乎是利害的计较使然;利害的计较是骨子,"真","假","虚伪"只是好看的门面罢了。计较利害过了分,真是像法朗士说的"关闭在自己的牢狱里";老那么关闭着,非死不可。这些人幸而还能读小说看戏,该仔细吟味,从那里学习学习怎样为别人着想。

五四以来,集团生活发展。这个那个集团和家族一样是具体的,不像社会国家有时可以只是些抽象名词。集团生活将原不相干的别人变成相干的别人,要求你也训练你顾到别人,至少是那广大的相干的别人。集团的约束力似乎一直在增强中,自己不得不为别人着想。那自己第一,自己高于一切的信念似乎渐渐低下头去了。可是来了抗战的大时代。抗战的力量无疑的出于二十年来集团生活的发展。可是抗战以来,集团生活发展的太快了,这儿那儿不免有多少还不能够得着均衡的地方。个人就又出了头,自己就又可以高于一切;现在却不说什么"真"和"假"了,只凭着神圣的抗战的名字做那些自私自利的事,名义上是顾别人,实际上只顾自己。自己高于一切,自己的集团或机关也就高于一切;自己肥,自己机关肥,别人瘦,别人机关瘦,乐自己的,管不着!——瘦瘪了,饿死了,活该!相信最后的胜利到来的时候,别人总会压下那些猖獗的卑污的自己的。这些年自己实在太猖獗了,总盼望压下它的头去。自然,一个劲儿顾别人也不一定好。仗义忘身,急人之急,确是英雄好汉,但是难得见。常见的不是敷衍妥协的乡愿,就是卑屈甚至谄媚的可怜虫,这些人只是将自己丢进了垃圾堆里!可是,有人说得好,人生是个比例问题。目下自己正在张牙舞爪的,且头痛医头,脚痛医脚,先来多想想别人罢!

论 自 己

　　翻开辞典,"自"字下排列着数目可观的成语,这些"自"字多指自己而言。这中间包括着一大堆哲学,一大堆道德,一大堆诗文和废话,一大堆人,一大堆我,一大堆悲喜剧。自己"真乃天下第一英雄好汉",有这么些可说的,值得说值不得说的!难怪纽约电话公司研究电话里最常用的字,在五百次通话中会发现三千九百九十次的"我"。这"我"字便是自己称自己的声音,自己给自己的名儿。

　　自爱自怜!真是天下第一英雄好汉也难免的,何况区区寻常人!冷眼看去,也许只觉得那枉自尊大狂妄得可笑! 可是这只见了真理的一半儿。掉过脸儿来,自爱自怜确也有不得不自爱自怜的。幼小时候有父母爱怜你,特别是有母亲爱怜你。到了长大成人,"娶了媳妇儿忘了娘",娘这样看时就不必再爱怜你,至少不必再像当年那样爱怜你。——女的呢,"嫁出门的女儿,泼出门的水";做母亲的虽然未必这样看,可是形格势禁而且鞭长莫及,就是爱怜得着,也只算找补点罢了。爱人该爱怜你?然而爱人们的嘴一例是甜蜜的,谁能说"你泥中有我,我泥中有你!"真有那么回事儿?赶到爱人变了太太,再生了孩子,你算成了家,太太得管家管孩子,更不能一心儿爱怜你。你有时候会病,"久病床前无孝子",太太怕也够倦的,够烦的。住医院?好,假如有运气住到像当年北平协和医院样的医院里去，倒是比家里强得多。但是护士们看护你，是服务，是工作；也许夹上点儿爱怜在里头，那是"好生之德"，不是爱怜你，是爱怜"人类"。——你又不能老呆在家里，一离开家，怎么着也算"作客"；那时候更没有爱怜你的。可以有朋友招呼你；但朋友有朋友的事儿，那能教他将心常放在你身上？可以有属员或仆役伺候你，那——说得上是爱怜么？总而言之，天下第一爱怜自己的，只有自己；自爱自怜的道理就在这儿。

再说，"大丈夫不受人怜。"穷有穷干，苦有苦干；世界那么大，凭自己的身手，哪儿就打不开一条路？何必老是向人愁眉苦脸唉声叹气的！愁眉苦脸不顺耳，别人会来爱怜你？自己免不了伤心的事儿，咬紧牙关忍着，等些日子，等些年月，会平静下去的。说说也无妨，只别不拣时候不看地方老是向人叨叨，叨叨得谁也不耐烦的岔开你或者躲开你。也别怨天怨地将一大堆感叹的句子向人身上扔过去。你怨的是天地，倒碍不着别人，只怕别人奇怪你的火气怎么这样大。——自己也免不了吃别人的亏。值不得计较的，不做声吞下肚去。出入大的想法子复仇，力量不够，卧薪尝胆的准备着。可别这儿那儿尽嚷嚷——嚷嚷完了一扔开，倒便宜了那欺负你的人。"好汉胳膊折了往袖子里藏"，为的是不在人面前露怯相，要人爱怜这"苦人儿"似的，这是要强，不是装。说也怪，不受人怜的人倒是能得人怜的人；要强的人总是最能自爱自怜的人。

大丈夫也罢，小丈夫也罢，自己其实是渺乎其小的，整个儿人类只是一个小圆球上一些碳水化合物，像现代一位哲学家说的，别提一个人的自己了。庄子所谓马体一毛，其实还是放大了看的。英国有一家报纸登过一幅漫画，画着一个人，仿佛在一间铺子里，周遭陈列着从他身体里分析出来的各种元素，每种标明分量和价目，总数是五先令——那时合七元钱。现在物价涨了，怕要合国币一千元了罢?然而,个人的自己也就值区区这一千元儿!自己这般渺小,不自爱自怜着点又怎么着!然而,"顶天立地"的是自己,"天地与我并生,万物与我为一"的也是自己;有你说这些大处只是好听的话语,好看的文句?你能愣说这样的自己没有!有这么的自己,岂不更值得自爱自怜的?再说自己的扩大,在一个寻常人的生活里也可见出。且先从小处看。小孩子就爱搜集各国的邮票,正是在扩大自己的世界。从前有人劝学世界语,说是可以和各国人通信。你觉得这话幼稚可笑?可是这未尝不是扩大自己的一个方向。再说这回抗战,许多人都走过了若干地方,增长了若干阅历。特别是青年人身上,你一眼就看出来,他们是和抗战前不同了,他们的自己扩大了。——这样看,自己的小,自己的大,自己的由小而大。在自己都是好的。

自己都觉得自己好,不错;可是自己的确也都爱好。做官的都爱做好官,不过往往只知道爱做自己家里人的好官,自己亲戚朋友的好官;这种好官往往是自己国家的贪官污吏。做盗贼的也都爱做好盗贼——好喽啰,好伙伴,好头儿,可都只在贼窝里。有大好,有小好,有好得这样坏。自己关闭在自己的丁点大的世界里,往往越爱好越坏。所以非扩大自己不可。但是扩大自己得一圈儿一圈儿的,得充实,得踏实。别像肥皂泡儿,一大就裂。"大丈夫能屈能伸",该屈的得屈点儿,别只顾伸出自己去。也得估计自己的力量。力量不够的话,"人一能之,己百之,人十能之,己千之";得寸是寸,得尺是尺。总之路是有的。看得远,想得开,把得稳;自己是世界的时代的一环,别脱了节才真算好。力量怎样微弱,可是是自己的。相信自己,靠自己,随时随地尽自己的一份儿往最好里做去,让自己活得有意思,一时一刻一分一秒都有意思。这么着,自爱自怜才真是有道理的。

论　做　作

　　做作就是"佯"，就是"乔"，也就是"装"。苏北方言有"装佯"的话，"乔装"更是人人皆知。旧小说里女扮男装是乔装，那需要许多做作。难在装得像。只看坤角儿扮须生的，像的有几个？何况做戏还只在戏台上装，一到后台就可以照自己的样儿，而女扮男装却得成天儿到处那么看！侦探小说里的侦探也常在乔装，装得像也不易，可是自在得多。不过——难也罢，易也罢，人反正有时候得装。其实你细看，不但"有时候"，人简直就爱点儿装。"三分模样七分装"是说女人，男人也短不了装，不过不大在模样上罢了。装得像难，装得可爱更难；一番努力往往只落得个"矫揉造作！"所以"装"常常不是一个好名儿。

　　"一个做好，一个做歹"，小呢逼你出些码头钱，大呢就得让你去做那些不体面的尴尬事儿。这已成了老套子，随处可以看见。那做好的是装做好，那做歹的也装得格外歹些；一松一紧的拉住你，会弄得你啼笑皆非。这一套儿做作够受的。贫和富也可以装。贫寒人怕人小看他，家里尽管有一顿没一顿的，还得穿起好衣服在街上走，说话也满装着阔气，什么都不在乎似的。——所谓"苏空头"。其实"空头"也不止苏州有。——有钱人却又怕人家打他的主意，开口闭口说穷，他能特地去当点儿什么，拿当票给人家看。这都怪可怜见的。还有一些人，人面前老爱论诗文，谈学问,仿佛天生他一副雅骨头。装斯文其实不能算坏,只是未免"雅得这样俗"罢了。

有能耐的人,有权位的人有时不免"装模作样","装腔作势"。马上可以答应的,却得"考虑考虑";直接可以答应的,却让你绕上几个大弯儿。论地位也只是"上不在天,下不在田",而见客就不起身,只点点头儿,答话只喉咙里哼一两声儿。谁教你求他,他就是这么着!——"笑骂由他笑骂,好官儿什么的我自为之!"话说回来,拿身份,摆架子有时也并非全无道理。老爷太太在仆人面前打情骂俏,总不大像样,可不是得装着点儿?可是,得恰到分际,"过犹不及"。总之别忘了自己是谁!别尽拣高枝爬,一失脚会摔下来的。老想着些自己,谁都装着点儿,也就不觉得谁在装。所谓"装模做样","装腔作势"。却是特别在装别人的模样,别人的腔和势!为了抬举自己,装别人;装不像别人,又不成其为自己,也怪可怜见的。

"不痴不聋,不作阿姑阿翁",有些事大概还是装聋作哑的好。倒不是怕担责任,更不是存着什么坏心眼儿。有些事是阿姑阿翁该问的,值得问的,自然得问;有些是无需他们问的,或值不得他们问的,若不痴不聋,事必躬亲,阿姑阿翁会做不成,至少也会不成其为阿姑阿翁。记得那儿说过美国一家大公司经理,面前八个电话,每天忙累不堪,另一家经理,室内没有电话,倒是从容不迫的。这后一位经理该是能够装聋作哑的人。"不闻不问",有时候该是一句好话;"充耳不闻","闭目无睹",也许可以作"无为而治"的一个注脚。其实无为多半也是装出来的。至于装作不知,那更是现代政治家外交家的惯技,报纸上随时看得见。——他们却还得勾心斗角的"做姿态",大概不装不成其为政治家外交家罢?

装欢笑,装悲泣,装嗔,装恨,装惊慌,装镇静,都很难;固然难在像,有时还难在不像而不失自然。"小心陪笑"也许能得当局的青睐,但是旁观者在恶心。可是"强颜为欢",有心人却领会那欢颜里的一丝苦味。假意虚情的哭泣,像旧小说里妓女向客人那样,尽管一把眼泪一把鼻涕的,也只能引起读者的微笑。——倒是那"忍泪佯低面",教人老大不忍。佯嗔薄怒是女人的"作态",作得恰好是爱娇,所以《乔醋》是一折好戏。爱极翻成恨,尽管"恨得人牙痒痒的",可是还不失为爱到极处。"假意惊慌"似乎是旧小说的常语,事实上那"假意"往往露出马脚。镇静更不易,秦舞阳心上有气脸就铁青,怎么也装不成,荆轲的事,一半儿败在他的脸上。淝水之战谢安装得够镇静的,可是不觉得意忘形摔折了屐齿。所以一个人喜怒不形于色,真够一辈子半辈子装的。

《乔醋》是戏,其实凡装,凡做作,多少都带点儿戏味——有喜剧,有悲剧。孩子们爱说"假装"这个,"假装"那个,戏味儿最厚。他们认真"假装",可是悲喜一场,到头儿无所为。成人也都认真的装,戏味儿却淡薄得多;戏是无所为的,至少扮戏中人的可以说是无所为,而人们的做作常常是有所为的。所以戏台上装得像的多,人世间装得像的少。戏台上装得像就有叫好儿的,人世间即使装得像,逗人爱也难。逗人爱的大概是比较的少有所为或只消极的有所为的。前面那些例子,值得我们吟味,而装痴装傻也许是值得重提的一个例子。

作阿姑阿翁得装几分痴,这装是消极的有所为;"金殿装疯"也有所为,就是积极的。历来才人名士和学者,往往带几分傻气。那傻气多少有点儿装,而从一方面看,那装似乎不大有所为,至多也只是消极的有所为。陶渊明的"我醉欲眠卿且去"说是率真,是自然;可是看魏晋人的行径,能说他不带着几分装?不过装得像,装得自然罢了。阮嗣宗大醉六十日,逃脱了和司马昭做亲家,可不也一半儿醉一半儿装?他正是"喜怒不形于色"的人,而有一向当时人多说他痴,他大概是颇能做作的罢?

　　装睡装醉都只是装糊涂。睡了自然不说话,醉了也多半不说话——就是说话,也尽可以装疯装傻的,给他个驴头不对马嘴。郑板桥最能懂得装糊涂,他那"难得糊涂"一个警句,真喝破了千古聪明人的秘密。还有善忘也往往是装傻,装糊涂;省麻烦最好自然是多忘记,而"忘怀"又正是一件雅事儿。到此为止,装傻,装糊涂似乎是能以逗人爱的;才人名士和学者之所以成为才人名士和学者,至少有几分就仗着他们那不大在乎的装劲儿能以逗人爱好。可是这些人也良莠不齐,魏晋名士颇有仗着装糊涂自私自利的。这就"在乎"了,有所为了,这就不再可爱了。在四川话里装糊涂称为"装疯迷窍",北平话却带笑带骂的说"装蒜","装孙子",可见民众是不大赏识这一套的——他们倒是下的稳着儿。

哀韦杰三君

　　韦杰三君是一个可爱的人；我第一回见他面时就这样想。这一天我正坐在房里，忽然有敲门的声音；进来的是一位温雅的少年。我问他"贵姓"的时候，他将他的姓名写在纸上给我看；说是苏甲荣先生介绍他来的。苏先生是我的同学，他的同乡，他说前一晚已来找过我了，我不在家；所以这回又特地来的。我们闲谈了一会，他说怕耽误我的时间，就告辞走了。是的，我们只谈了一会儿，而且并没有什么重要的话；——我现在已全忘记——但我觉得已懂得他了，我相信他是一个可爱的人。

　　第二回来访，是在几天之后。那时新生甄别试验刚完，他的国文课是被分在钱子泉先生的班上。他来和我说，要转到我的班上。我和他说，钱先生的学问，是我素来佩服的；在他班上比在我班上一定好。而且已定的局面，因一个人而变动，也不大方便。他应了几声，也没有什么，就走了。从此他就不曾到我这里来。有一回，在三院第一排屋的后门口遇见他，他微笑着向我点头；他本是捧了书及墨盒去上课的，这时却站住了向我说："常想到先生那里，只是功课太忙了，总想去的。"我说："你闲时可以到我这里谈谈。"我们就点首作别。三院离我住的古月堂似乎很远，有时想起来，几乎和前门一样。所以半年以来，我只在上课前，下课后几分钟里，偶然遇着他三四次；除上述一次外，都只匆匆地点头走过，不曾说一句话。但我常是这样想：他是一个可爱的人。

他的同乡苏先生，我还是来京时见过一回，半年来不曾再见。我不曾能和他谈韦君；我也不曾和别人谈韦君，除了钱子泉先生。钱先生有一日告诉我，说韦君总想转到我班上；钱先生又说："他知道不能转时，也很安心的用功了，笔记做得很详细的。"我说，自然还是在钱先生班上好。以后这件事还谈起一两次。直到三月十九日早，有人误报了韦君的死信；钱先生站在我屋外的台阶上惋惜地说："他寒假中来和我谈。我因他常是忧郁的样子，便问他为何这样；是为了我么？他说：'不是，你先生很好的；我是因家境不宽，老是愁烦着。'他说他家里还有一个年老的父亲和未成年的弟弟；他说他弟弟因为家中无钱，已失学了。他又说他历年在外读书的钱，一小半是自己休了学去做教员弄来的，一大半是向人告贷来的。他又说，下半年的学费还没有着落呢。"但他却不愿平白地受人家的钱；我们只看他给大学部学生会起草的请改奖金制为借贷制与工读制的信，便知道他年纪虽轻，做人却有骨气的。

我最后见他，是在三月十八日早上，天安门下电车时。也照平常一样，微笑着向我点头。他的微笑显示他纯洁的心，告诉人，他愿意亲近一切；我是不会忘记的。还有他的静默，我也不会忘记。据陈云豹先生的《行述》，韦君很能说话；但这半年来，我们听见的，却只有他的静默而已。他的静默里含有忧郁，悲苦，坚忍，温雅等等，是最足以引人深长之思和切至之情的。他病中，据陈云豹君在本校追悼会里报告，虽也有一时期，很是躁急，但他终于在离开我们之前，写了那样平静的两句话给校长；他那两句话包蕴着无穷的悲哀，这是静默的悲哀！所以我现在又想，他毕竟是一个可爱的人。

三月十八日晚上，我知道他已危险；第二天早上，听见他死了，叹息而已！但走去看学生会的布告时，知他还在人世，觉得被鼓励似的，忙着将这消息告诉别人。有不信的，我立刻举出学生会布告为证。我二十日进城，到协和医院想去看看他；但不知道医院的规则，去迟了一点钟，不得进去。我很怅惘地在门外徘徊了一会，试问门役道："你知道清华学校有一个韦杰三，死了没有？"他的回答，我原也知道的，是"不知道"三字！那天傍晚回来；二十一日早上，便得着他死的信息——这回他真死了！他死在二十一日上午一时四十八分，就是二十日的夜里，我二十日若早去一点钟，还可见他一面呢。这真是十分遗憾的！二十三日同人及同学入城迎灵，我在城里十二点才见报，已赶不及了。下午回来，在校门外看见杠房里的人，知道柩已来了。我到古月堂一问，知道柩安放在旧礼堂里。我去的时候，正在重殓，韦君已穿好了殓衣在照相了。据说还光着身子照了一张相，是照伤口的。我没有看见他的伤口；但是这种情景，不看见也罢了。照相毕，入殓，我走到柩旁：韦君的脸已变了样子，我几乎不认识了！他的两颧突出，颊肉癟下，掀唇露齿，那里还像我初见时的温雅呢？这必是他几日间的痛苦所致的。唉，我们可以想见了！我正在乱想，棺盖已经盖上；唉，韦君，这真是最后一面了！我们从此真无再见之期了！死生之理，我不能懂得，但不能再见是事实，韦君，我们失掉了你，更将从何处觅你呢？

韦君现在一个人睡在刚秉庙的一间破屋里，等着他迢迢千里的老父，天气又这样坏；韦君，你的魂也彷徨着吧！

飘　零

一个秋夜,我和P坐在他的小书房里,在晕黄的电灯光下,谈到W的小说。

"他还在河南吧?C大学那边很好吧?"我随便问着。

"不,他上美国去了。"

"美国?做什么去?"

"你觉得很奇怪吧?——波定谟约翰郝勃金医院打电报约他做助手去。"

"哦!就是他研究心理学的地方!他在那边成绩总很好?——这回去他很愿意吧?"

"不见得愿意。他动身前到北京来过,我请他在启新吃饭;他很不高兴的样子。"

"这又为什么呢?"

"他觉得中国没有他做事的地方。"

"他回来才一年呢。C大学那边没有钱吧?"

"不但没有钱,他们说他是疯子!"

"疯子!"

我们默然相对,暂时无话可说。

我想起第一回认识W的名字,是在《新生》杂志上。那时我在P大学读书,W也在那里。我在《新生》上看见的是他的小说;

但一个朋友告诉我,他心理学的书读得真多;P大学图书馆里所有的,他都读了。文学书他也读得不少。他说他是无一刻不读书的。我第一次见他的面,是在P大学宿舍的走道上;他正和朋友走着。有人告诉我,这就是W了。微曲的背,小而黑的脸,长头发和近视眼,这就是W了。以后我常常看他的文字,记起他这样一个人。有一回我拿一篇心理学的译文,托一个朋友请他看看。他逐一给我改正了好几十条,不曾放松一个字。永远的惭愧和感谢留在我心里。

我又想到杭州那一晚上。他突然来看我了。他说和P游了三日,明早就要到上海去。他原是山东人;这回来上海,是要上美国去的。我问起哥伦比亚大学的《心理学,哲学,与科学方法》杂志,我知道那是有名的杂志。但他说里面往往一年没有一篇好文章,没有什么意思。他说近来各心理学家在英国开了一个会,有几个人的话有味。他又用铅笔随便的在桌上一本簿子的后面,写了《哲学的科学》一个书名与其出版处,说是新书,可以看看。他说要走了。我送他到旅馆里。见他床上摊着一本《人生与地理》,随便拿过来翻着。他说这本小书很著名,很好的。我们在晕黄的电灯光下,默然相对了一会,又问答了几句简单的话;我就走了。直到现在,还不曾见过他。

他到美国去后,初时还写了些文字,后来就没有了。他的名字,在一般人心里,已如远处的云烟了。我倒还记着他。两三年以后,才又在《文学日报》上见到他一篇诗,是写一种清趣的。我只念过他这一篇诗。他的小说我却念过不少;最使我不能忘记的是那篇《雨夜》,是写北京人力车夫的生活的。W是学科学的人,应该很冷静,但他的小说却又很热很热的。这就是W了。

P也上美国去,但不久就回来了。他在波定谟住了些日子,

W是常常见着的。他回国后,有一个热天,和我在南京清凉山上谈起W的事。他说W在研究行为派的心理学。他几乎终日在实验室里;他解剖过许多老鼠,研究它们的行为。P说自己本来也愿意学心理学的;但看了老鼠临终的颤动,他执刀的手便战战的放不下去了。因此只好改行。而W是"奏刀骗然","踌躇满志",P觉得那是不可及的。P又说W研究动物行为既久,看明它们所有的生活,只是那几种生理的欲望,如食欲,性欲,所玩的把戏,毫无什么大道理存乎其间。因而推想人的生活,也未必别有何种高贵的动机;我们第一要承认我们是动物,这便是真人。W的确是如此做人的。P说他也相信W的话;真的,P回国后的态度是大大的不同了。W只管做他自己的人,却得着P这样一个信徒,他自己也未必料得着的。

P又告诉我W恋爱的故事。是的,恋爱的故事!P说这是一个日本人,和W一同研究的,但后来走了,这件事也就完了。P说得如此冷淡,毫不像我们所想的恋爱的故事!P又曾指出《来日》上W的一篇《月光》给我看。这是一篇小说,叙述一对男女趁着月光在河边一只空船里密谈。那女的是个有夫之妇。这时四无人迹,他俩谈得亲热极了。但P说W的胆子太小了,所以这一回密谈之后,便撒了手。这篇文字是W自己写的,虽没有如火如荼的热闹,但却别有一种意思。科学与文学,科学与恋爱,这就是W了。

"'疯子'!"我这时忽然似乎彻悟了说,"也许是的吧?我想。一个人冷而又热,是会变疯子的。"

"唔,"P点头。

"他其实大可以不必管什么中国不中国了;偏偏又恋恋不舍的!"

"是啰。W这回真不高兴。K在美国借了他的钱。这回他到北京,特地老远的跑去和 K 要钱。K 的没钱,他也知道;他也并不指望这笔钱用。只想借此去骂他一顿罢了,据说拍了桌子大骂呢!"

"这与他的写小说一样的道理呀!唉,这就是 W 了。"

P 无语,我却想起一件事:"W 到美国后有信来么?"

"长远了,没有信。"

我们于是都又默然。

白　采

　　盛暑中写《白采的诗》一文,刚满一页,便因病搁下。这时候薰宇来了一封信,说白采死了,死在香港到上海的船中。他只有一个人;他的遗物暂存在立达学园里。有文稿,旧体诗词稿,笔记稿,有朋友和女人的通信,还有四包女人的头发!我将薰宇的信念了好几遍,茫然若失了一会;觉得白采虽于生死无所容心,但这样的死在将到吴淞口了的船中,也未免太惨酷了些——这是我们后死者所难堪的。

　　白采是一个不可捉摸的人。他的历史,他的性格,现在虽从遗物中略知梗概,但在他生前,是绝少人知道的;他也绝口不向人说,你问他他只支吾而已。他赋性既这样遗世绝俗,自然是落落寡合了;但我们却能够看出他是一个好朋友,他是一个有真心的人。

　　“不打不成相识,”我是这样的知道了白采的。这是为学生李芳诗集的事。李芳将他的诗集交我删改,并嘱我作序。那时我在温州,他在上海。我因事忙,一搁就是半年;而李芳已因不知名的急病死在上海。我很懊悔我的需缓,赶紧抽了空给他工作。正在这时,平伯转来白采的信,短短的两行,催我设法将李芳的诗出版;又附了登在《觉悟》上的小说《作诗的儿子》,让我看看——里面颇有讥讽我的话。我当时觉得不应得这种讥讽,便写了一封近两千字的长信,详述事件首尾,向他辩解。信去了便等回信;但是杳无消息。等到我已不希望了,他才来了一张明信片;在我看来,只是几句半冷半热的话而已。我只能以"岂能尽如人意?但求无愧我心!"自解,听之而已。

但平伯因转信的关系,却和他常通函札。平伯来信,屡屡说起他,说是一个有趣的人。有一回平伯到白马湖看我。我和他同往宁波的时候,他在火车中将白采的诗稿《羸疾者的爱》给我看。我在车身不住的动摇中,读了一遍。觉得大有意思。我于是承认平伯的话,他是一个有趣的人。我又和平伯说,他这篇诗似乎是受了尼采的影响。后来平伯来信,说已将此语函告白采,他颇以为然。我当时还和平伯说,关于这篇诗,我想写一篇评论;平伯大约也告诉了他。有一回他突然来信说起此事;他盼望早些见着我的文字,让他知道在我眼中的他的诗究竟是怎样的。我回信答应他,就要做的。以后我们常常通信,他常常提及此事。但现在是三年以后了,我才算将此文完篇;他却已经死了,看不见!他暑假前最后给我的信还说起他的盼望。天啊!我怎样对得起这样一个朋友,我怎样挽回我的过错呢?

平伯和我都不曾见过白采,大家觉得是一件缺憾。有一回我到上海,和平伯到西门林荫路新正兴里五号去访他:这是按着他给我们的通信地址去的。但不幸得很,他已经搬到附近什么地方去了;我们只好嗒然而归。新正兴里五号是朋友延陵君住过的:有一次谈起白采,他说他姓童,在美术专门学校念书;他的夫人和延陵夫人是朋友,延陵夫妇曾借住他们所赁的一间亭子间。那是我看延陵时去过的,床和桌椅都是白漆的;是一间虽小而极洁净的房子,几乎使我忘记了是在上海的西门地方。现在他存着的摄影里,据我看,有好几张是在那间房里照的。又从他的遗札里,推想他那时还未离婚;他离开新正兴里五号,或是正为离婚的缘故,也未可知。这却使我们事后追想，多少感着些悲剧味了。但平伯终于未见着白采，我竟得和他见了一面。那是在立达学园我预备上火车去上海前的五分钟。这一天，学园的朋友说白采要搬来了；我从早上等了好久，还没有音信。正预备上车站，白采从门口进来了。他说着江西话，似乎很老成了，是饱经世变的样子。我因上海还有约会，只匆匆一谈，便握手作别。他后来有信给平伯说我"短小精悍"，却是一句有趣的话。这是我们最初的一面，但谁知也就是最后的一面呢！

去年年底，我在北京时，他要去集美作教；他听说我有南归之意，因不能等我一面，便寄了一张小影给我。这是他立在露台上远望的背影，他说是聊寄伫盼之意。我得此小影，反复把玩而不忍释，觉得他真是一个好朋友。这回来到立达学园，偶然翻阅《白采的小说》，《作诗的儿子》一篇中讥讽我的话，已经删改；而薰宇告我，我最初给他的那封长信，他还留在箱子里。这使我惭愧从前的猜想，我真是小器的人哪！但是他现在死了，我又能怎样呢？我只相信，如爱墨生的话，他在许多朋友的心里是不死的！

怀魏握青君

两年前差不多也是这些日子吧，我邀了几个熟朋友，在雪香斋给握青送行。雪香斋以绍酒著名。这几个人多半是浙江人，握青也是的，而又有一两个是酒徒，所以便拣了这地方。说到酒，莲花白太腻，白干太烈；一是北方的佳人，一是关西的大汉，都不宜于浅斟低酌。只有黄酒，如温旧书，如对故友，真是醇醇有味。只可惜雪香斋的酒还上了色；若是"竹叶青"，那就更妙了。握青是到美国留学去，要住上三年；这么远的路，这么多的日子，大家确有些惜别，所以那晚酒都喝得不少。出门分手，握青又要我去中天看电影。我坐下直觉头晕。握青说电影如何如何，我只糊糊涂涂听着；几回想张眼看，却什么也看不出。终于支持不住，出其不意，哇地吐出来了。观众都吃一惊，附近的人全堵上了鼻子；这真有些惶恐。握青扶我回到旅馆，他也吐了。但我们心里都觉得这一晚很痛快。我想握青该还记得那种狼狈的光景吧？

我与握青相识，是在东南大学。那时正是暑假，中华教育改进社借那儿开会。我与方光焘君去旁听，偶然遇着握青；方君是他的同乡，一向认识，便给我们介绍了。那时我只知道他很活动，会交际而已。匆匆一面，便未再见。三年前，我北来作教，恰好与他同事。我初到，许多事都不知怎样做好；他给了我许多帮助。我们同住在一个院子里，吃饭也在一处。因此常和他谈论。我渐渐知道他不只是很活动,会交际;他有他的真心,他有他的锐眼,他也有他的傻样子。许多朋友都以为他是个傻小子,大家都叫他老魏,连听差背地里也是这样叫他;这个太亲昵的称呼,只有他有。

但他决不如我们所想的那么"傻",他是个玩世不恭的人——至少我在北京见着他是如此。那时他已一度受过人生的戒,从前所有多或少的严肃气分,暂时都隐藏起来了;剩下的只是那冷然的玩弄一切的态度。我们知道这种剑锋般的态度,若赤裸裸地露出,便是自己矛盾,所以总得用了什么法子盖藏着。他用的是一副傻子的面具。我有时要揭开他这副面具,他便说我是《语丝》派。但他知道我,并不比我知道他少。他能由我一个短语,知道全篇的故事。他对于别人,也能知道;但只默喻着,不大肯说出。他的玩世,在有些事情上,也许太随便些。但以或种意义说,他要复仇;人总是人,又有什么办法呢?至少我是原谅他的。

以上其实也只说得他的一面;他有时也能为人尽心竭力。他曾为我决定一件极为难的事。我们沿着墙根,走了不知多少趟;他源源本本,条分缕析地将形势剖解给我听。你想,这岂是傻子所能做的?幸亏有这一面,他还能高高兴兴过日子;不然,没有笑,没有泪,只有冷脸,只有"鬼脸",岂不郁郁地闷煞人!

我最不能忘的,是他动身前不多时的一个月夜。电灯灭后,月光照了满院,柏树森森地竦立着。屋内人都睡了;我们站在月光里,柏树旁,看着自己的影子。他轻轻地诉说他生平冒险的故事。说一会,静默一会。这是一个幽奇的境界。他叙述时,脸上隐约浮着微笑,就是他心地平静时常浮在他脸上的微笑;一面偏着头,老像发问似的。这种月光,这种院子,这种柏树,这种谈话,都很可珍贵;就由握青自己再来一次,怕也不一样的。

他走之前,很愿我做些文字送他;但又用玩世的态度说,"怕不肯吧?我晓得,你不肯的。"我说,"一定做,而且一定写成一幅横披——只是字不行些。"但是我惭愧我的懒,那"一定"早已几乎变成"不肯"了!而且他来了两封信,我竟未覆只字。这叫我怎样说好呢?我实在有种坏脾气,觉得路太遥远,竟有些渺茫一般,什么便都因循下来了。好在他的成绩很好,我是知道的;只此就很够了。别的,反正他明年就回来,我们再好好地谈几次,这是要紧的。——我想,握青也许不那么玩世了吧。

海行杂记

　　这回从北京南归，在天津搭了通州轮船，便是去年曾被盗劫的。盗劫的事，似乎已很渺茫；所怕者船上的肮脏，实在令人不堪耳。这是英国公司的船；这样的肮脏似乎尽够玷污了英国国旗的颜色。但英国人说：这有什么呢？船原是给中国人乘的，肮脏是中国人的自由，英国人管得着！英国人要乘船，会去坐在大菜间里，那边看看是什么样子？那边，官舱以下的中国客人是不许上去的，所以就好了。是的，这不怪同船的几个朋友要骂这只船是"帝国主义"的船了。"帝国主义的船"！我们到底受了些什么"压迫"呢？有的，有的！

　　我现在且说茶房吧。

　　我若有常常恨着的人，那一定是宁波的茶房了。他们的地盘，一是轮船，二是旅馆。他们的团结，是宗法社会而兼梁山泊式的；所以未可轻侮，正和别的"宁波帮"一样。他们的职务本是照料旅客；但事实正好相反，旅客从他们得着的只是侮辱，恫吓，与欺骗罢了。中国原有"行路难"之叹，那是因交通不便的缘故；但在现在便利的交通之下，即老于行旅的人，也还时时发出这种叹声，这又为什么呢？茶房与码头工人之艰于应付，我想比仅仅的交通不便，有时更显其"难"吧！所以从前的"行路难"是唯物的；现在的却是唯心的。这固然与社会的一般秩序及道德观念有多少关系,不能全由当事人负责任;但当事人的"性格恶"实也占着一个重要的地位的。

我是乘船既多,受侮不少,所以姑说轮船里的茶房。你去定舱位的时候,若遇着乘客不多,茶房也许会冷脸相迎;若乘客拥挤,你可就倒楣了。他们或者别转脸,不来理你;或者用一两句比刀子还尖的话,打发你走路——譬如说:"等下趟吧。"他说得如此轻松,凭你急死了也不管。大约行旅的人总有些异常,脸上总有一副着急的神气。他们是以逸待劳的,乐得和你开开玩笑,所以一切反应总是懒懒的,冷冷的;你愈急,他们便愈乐了。他们于你也并无仇恨,只想玩弄玩弄,寻寻开心罢了,正和太太们玩弄叭儿狗一样。所以你记着:上船定舱位的时候,千万别先高声呼唤茶房。你不是急于要找他们说话么?但是他们先得训你一顿,虽然只是低低的自言自语:"啥事体啦?哇啦哇啦的!"接着才响声说,"噢,来哉,啥事体啦?"你还得记着:你的话说得愈慢愈好,愈低愈好;不要太客气,也不要太不客气。这样你便是门槛里的人,便是内行;他们固然不见得欢迎你,但也不会玩弄你了。——只冷脸和你简单说话;要知道这已算承蒙青眼,应该受宠若惊的了。

定好了舱位,你下船是愈迟愈好;自然,不能过了开船的时候。最好开船前两小时或一小时到船上,那便显得你是一个有"涵养工夫"的,非急莘莘的"阿木林"可比了。而且茶房也得上岸去办他自己的事,去早了倒绊住了他;他虽然可托同伴代为招呼,但总之麻烦了。为了客人而麻烦,在他们是不值得,在客人是不必;所以客人便只好受"阿木林"的待遇了。有时船于明早十时开行,你今晚十点上去,以为晚上总该合式了;但也不然。晚上他们要打牌,你去了足以扰乱他们的清兴;他们必也恨恨不平的。

这其间有一种"分",一种默喻的"规矩",有一种"门槛经",你得先做若干次"阿木林",才能应付得"恰到好处"呢。

开船以后,你以为茶房闲了,不妨多呼唤几回。你若真这样做时,又该受教训了。茶房日里要谈天,料理私货;晚上要抽大烟,打牌,那有闲工夫来伺候你!他们早上给你舀一盆脸水,日里给你开饭,饭后给你拧手巾;还有上船时给你摊开铺盖,下船时给你打起铺盖:好了,这已经多了,这已经够了。此外若有特别的事要他们做时,那只算是额外效劳。你得自己走出舱门,慢慢地叫着茶房,慢慢地和他说,他也会照你所说的做,而不加损害于你。最好是预先打听了两个茶房的名字,到这时候悠然叫着,那是更其有效的。但要叫得大方,仿佛很熟悉的样子,不可有一点讷讷。叫名字所以更其有效者,被叫者觉得你有意和他亲近(结果酒资不会少给),而别的茶房或竟以为你与这被叫者本是熟悉的,因而有了相当的敬意;所以你第二次第三次叫时,别人往往会帮着你叫的。但你也只能偶尔叫他们;若常常麻烦,他们将发见,你到底是"阿木林"而冒充内行,他们将立刻改变对你的态度了。至于有些人睡在铺上高声朗诵的叫着"茶房"的,那确似乎搭足了架子;在茶房眼中,其为"阿"字号无疑了。他们于是忿然的答应:"啥事体啦?哇啦啦!"但走来倒也会走来的。你若再多叫两声,他们又会说:"啥事体啦?茶房当山歌唱!"除非你真麻木,或真生了气,你大概总不愿再叫他们了吧。

"子入太庙,每事问,"至今传为美谈。但你入轮船,最好每事不必问。茶房之怕麻烦,之懒惰,是他们的特征;你问他们,他们或说不晓得,或故意和你开开玩笑,好在他们对客人们,除行李外,一切是不负责任的。大概客人们最普遍的问题,"明天可以到吧?""下午可以到吧?"一类。他们或随便答复,或说,"慢慢来好啰,总会到的。"或简单的说,"早呢!"总是不得要领的居多。他们的话常常变化,使你不能确信;不确信自然不问了。他们所要的正是耳根清净呀。

茶房在轮船里,总是盘踞在所谓"大菜间"的吃饭间里。他们常常围着桌子闲谈,客人也可插进一两个去。但客人若是坐满了,使他们无处可坐,他们便恨恨了;若在晚上,他们老实不客气将电灯灭了,让你们暗中摸索去吧。所以这吃饭间里的桌子竟像他们专利的。当他们围桌而坐,有几个固然有话可谈;有几个却连话也没有,只默默坐着,或者在打牌。我似乎为他们觉着无聊,但他们也就这样过去了。他们的脸上充满了倦怠,嘲讽,麻木的气分,仿佛下工夫练就了似的。最可怕的就是这满脸:所谓"诋诋然拒人于千里之外"者,便是这种脸了。晚上映着电灯光,多少遮过了那灰滞的颜色;他们也开始有了些生气。他们搭了铺抽大烟,或者拖开桌子打牌。他们抽了大烟,渐有笑语;他们打牌,往往通宵达旦——牌声,争论声充满那小小的"大菜间"里。客人们,尤其是抱了病,可睡不着了;但于他们有甚么相干呢?活该你们洗耳恭听呀!他们也有不抽大烟,不打牌的,便搬出香烟画片来一张张细细赏玩:这却是"雅人深致"了。

我说过茶房的团结是宗法社会而兼梁山泊式的,但他们中间仍不免时有战氛。浓郁的战氛在船里是见不着的;船里所见,只是轻微淡远的罢了。"唯口出好兴戎",茶房的口,似乎很值得注意。他们的口,一例是练得极其尖刻的;一面自然也是地方性使然。他们大约是"宁可输在腿上,不肯输在嘴上"。所以即使是同伴之间,往往因为一句有意的或无意的,不相干的话,动了真气,抢眉竖目的恨恨半天而不已。这时脸上全失了平时冷静的颜色,而换上热烈的狰狞了。但也终于只是口头"恨恨"而已,真个拔拳来打,举脚来踢的,倒也似乎没有。语云,"君子动口,小人动手;"茶房们虽有所争乎,殆仍不失为君子之道也。有人说,"这正是南方人之所以为南方人,"我想,这话也有理。茶房之于客人,虽也"不肯输在嘴上",但全是玩弄的态度,动真气的似乎很少;而且你愈动真气,他倒愈可以玩弄你。这大约因为对于客人,是以他们的团体为靠山的;客人总是孤单的多,他们"倚众欺"起来,不怕你不就范的:所以用不着动真气。而且万一吃了客人的亏,那也必是许多同伴陪着他同吃的,不是一个人失了面子:又何必动真气呢?衖实说来,客人要他们动真气,还不够资格哪!至于他们同伴间的争执,那才是切身的利害,而且单枪匹马做去,毫无可恃的现成的力量;所以便是小题,也不得不大做了。

茶房若有向客人微笑的时候,那必是收酒资的几分钟了。酒资的数目照理虽无一定,但却有不成文的谱。你按着谱斟酌给与,虽也不能得着一声"谢谢",但言语的压迫是不会来的了。你若给得太少,离谱太远,他们会始而嘲你,继而骂你,你还得加钱给他们;其实既受了骂,大可以不加的了,但事实上大多数受骂的客人,慑于他们的威势,总是加给他们的。加了以后,还得听许多唠叨才罢。有一回,和我同船的一个学生,本该给一元钱的酒资的,他只给了小洋四角。茶房狠狠力争,终不得要领,于是说:"你好带回去做车钱吧!"将钱向铺上一撂,忿然而去。那学生后来终于添了一些钱重交给他;他这才默然拿走,面孔仍是板板的,若有所不屑然。——付了酒资,便该打铺盖了;这时仍是要慢慢来的,一急还是要受教训,虽然你已给过酒资了。铺盖打好以后,茶房的压迫才算是完了,你再预备受码头工人和旅馆茶房的压迫吧。

我原是声明了叙述通州轮船中事的,但却做了一首"诅茶房文"；在这里，我似乎有些自己矛盾。不，"天下老鸦一般黑，"我们若很谨慎的将这句话只用在各轮船里的宁波茶房身上，我想是不会悖谬的。所以我虽就一般立说，通州轮船的茶房却已包括在内；特别指明与否，是无关重要的。

扬州的夏日

扬州从隋炀帝以来，是诗人文士所称道的地方；称道的多了，称道得久了，一般人便也随声附和起来。直到现在，你若向人提起扬州这个名字，他会点头或摇头说："好地方！好地方！"特别是没去过扬州而念过些唐诗的人，在他心里，扬州真像蜃楼海市一般美丽；他若念过《扬州画舫录》一类书，那更了不得了。但在一个久住扬州像我的人，他却没有那么多美丽的幻想，他的憎恶也许掩住了他的爱好；他也许离开了三四年并不去想它。若是想呢，——你说他想什么？女人；不错，这似乎也有名，但怕不是现在的女人吧？——他也只会想着扬州的夏日，虽然与女人仍然不无关系的。

北方和南方一个大不同，在我看，就是北方无水而南方有。诚然，北方今年大雨，永定河，大清河甚至决了堤防，但这并不能算是有水；北平的三海和颐和园虽然有点儿水，但太平衍了，一览而尽，船又那么笨头笨脑的。有水的仍然是南方。扬州的夏日，好处大半便在水上——有人称为"瘦西湖"，这个名字真是太"瘦"了，假西湖之名以行，"雅得这样俗"，老实说，我是不喜欢的。下船的地方便是护城河，曼衍开去，曲曲折折，直到平山堂，——这是你们熟悉的名字——有七八里河道，还有许多杈杈桠桠的支流。这条河其实也没有顶大的好处，只是曲折而有些幽静，和别处不同。

沿河最著名的风景是小金山，法海寺，五亭桥；最远的便是平山堂了。金山你们是知道的，小金山却在水中央。在那里望水最好，看月自然也不错——可是我还不曾有过那样福气。"下河"的人十之九是到这儿的，人不免太多些。法海寺有一个塔，和北海的一样，据说是乾隆皇帝下江南，盐商们连夜督促匠人造成的。法海寺著名的自然是这个塔；但还有一桩，你们猜不着，是红烧猪头。夏天吃红烧猪头，在理论上也许不甚相宜；可是在实际上，挥汗吃着，倒也不坏的。五亭桥如名字所示，是五个亭子的桥。桥是拱形，中一亭最高，两边四亭，参差相称；最宜远看，或看影子，也好。桥洞颇多，乘小船穿来穿去，另有风味。平山堂在蜀冈上。登堂可见江南诸山淡淡的轮廓；"山色有无中"一句话，我看是恰到好处，并不算错。这里游人较少，闲坐在堂上，可以永日。沿路光景，也以闲寂胜。从天宁门或北门下船。蜿蜒的城墙，在水里倒映着苍黝的影子，小船悠然地撑过去，岸上的喧扰像没有似的。

船有三种：大船专供宴游之用，可以挟妓或打牌。小时候常跟了父亲去，在船里听着谋得利洋行的唱片。现在这样乘船的大概少了吧?其次是"小划子"，真像一瓣西瓜，由一个男人或女人用竹篙撑着。乘的人多了，便可雇两只，前后用小凳子跨着：这也可算得"方舟"了。后来又有一种"洋划"，比大船小，比"小划子"大，上支布篷，可以遮日遮雨。"洋划"渐渐地多，大船渐渐地少，然而"小划子"总是有人要的。这不独因为价钱最贱，也因为它的伶俐。一个人坐在船中，让一个人站在船尾上用竹篙一下一下地撑着，简直是一首唐诗，或一幅山水画。而有些好事的少年，愿意自己撑船，也非"小划子"不行。"小划子"虽然便宜，却也有些分别。譬如说，你们也可想到的，女人撑船总要贵些；姑娘撑的自然更要贵啰。这些撑船的女子，便是有人说过的"瘦西湖上的船娘"。船

娘们的故事大概不少，但我不很知道。据说以乱头粗服，风趣天然为胜；中年而有风趣，也仍然算好。可是起初原是逢场作戏，或尚不伤廉惠；以后居然有了价格，便觉意味索然了。

北门外一带，叫做下街，"茶馆"最多，往往一面临河。船行过时，茶客与乘客可以随便招呼说话。船上人若高兴时，也可以向茶馆中要一壶茶，或一两种"小笼点心"，在河中喝着，吃着，谈着。回来时再将茶壶和所谓小笼，连价款一并交给茶馆中人。撑船的都与茶馆相熟，他们不怕你白吃。扬州的小笼点心实在不错：我离开扬州，也走过七八处大大小小的地方，还没有吃过那样好的点心；这其实是值得惦记的。茶馆的地方大致总好，名字也颇有好的。如香影廊，绿杨村，红叶山庄，都是到现在还记得的。绿杨村的幌子，挂在绿杨树上，随风飘展，使人想起"绿杨城郭是扬州"的名句。里面还有小池，丛竹，茅亭，景物最幽。这一带的茶馆布置都历落有致，迥非上海、北平方方正正的茶楼可比。

"下河"总是下午。傍晚回来，在暮霭朦胧中上了岸，将大褂折好搭在腕上，一手微微摇着扇子；这样进了北门或天宁门走回家中。这时候可以念"又得浮生半日闲"那一句诗了。

我所见的叶圣陶

我第一次与圣陶见面是在民国十年的秋天。那时刘延陵兄介绍我到吴淞炮台湾中国公学教书。到了那边,他就和我说:"叶圣陶也在这儿。"我们都念过圣陶的小说,所以他这样告我。我好奇地问道:"怎样一个人?"出乎我的意外,他回答我:"一位老先生哩。"但是延陵和我去访问圣陶的时候,我觉得他的年纪并不老,只那朴实的服色和沉默的风度与我们平日所想象的苏州少年文人叶圣陶不甚符合罢了。

记得见面的那一天是一个阴天。我见了生人照例说不出话;圣陶似乎也如此。我们只谈了几句关于作品的泛泛的意见,便告辞了。延陵告诉我每星期六圣陶总回角直去;他很爱他的家。他在校时常邀延陵出去散步;我因与他不熟,只独自坐在屋里。不久,中国公学忽然起了风潮。我向延陵说起一个强硬的办法;——实在是一个笨而无聊的办法!——我说只怕叶圣陶未必赞成。但是出乎我的意外,他居然赞成了!后来细想他许是有意优容我们吧;这真是老大哥的态度呢。我们的办法天然是失败了,风潮延宕下去;于是大家都住到上海来。我和圣陶差不多天天见面;同时又认识了西谛,予同诸兄。这样经过了一个月;这一个月实在是我的很好的日子。

我看出圣陶始终是个寡言的人。大家聚谈的时候,他总是坐在那里听着。他却并不是喜欢孤独，他似乎老是那么有味地听着。至于与人独对的时候，自然多少要说些话；但辩论是不来的。他觉得辩论要开始了，往往微笑着说："这个弄不大清楚了。"这样就过去了。他又是个极和易的人，轻易看不见他的怒色。他辛辛苦苦保存着的《晨报》副张，上面有他自己的文字的，特地从家里捎来给我看；让我随便放在一个书架上，给散失了。当他和我同时发见这件事时，他只略露惋惜的颜色，随即说："由他去末哉，由他去末哉！"我是至今惭愧着，因为我知道他作文是不留稿的。他的和易出于天性，并非阅历世故，矫揉造作而成。他对于世间妥协的精神是极厌恨的。在这一月中，我看见他发过一次怒；——始终我只看见他发过这一次怒——那便是对于风潮的妥协论者的蔑视。

风潮结束了，我到杭州教书。那边学校当局要我约圣陶去。圣陶来信说："我们要痛痛快快游西湖，不管这是冬天。"他来了，教我上车站去接。我知道他到了车站这一类地方，是会觉得寂寞的。他的家实在太好了，他的衣着，一向都是家里管。我常想，他好像一个小孩子；像小孩子的天真，也像小孩子的离不开家里人。必须离开家里人时，他也得找些熟朋友伴着；孤独在他简直是有些可怕的。所以他到校时，本来是独住一屋的，却愿意将那间屋做我们两人的卧室，而将我那间做书室。这样可以常常相伴；我自然也乐意。我们不时到西湖边去；有时下湖，有时只喝喝酒。在校时各据一桌，我只预备功课，他却老是写小说和童话。初到时，学校当局来看过他。第二天，我问他，"要不要去看看他们？"他皱眉道："一定要去么？等一天吧。"后来始终没有去。他是最反对形式主义的。

那时他小说的材料，是旧日的储积；童话的材料有时却是片刻的感兴。如《稻草人》中《大喉咙》一篇便是。那天早上，我们都醒在床上，听见工厂的汽笛；他便说："今天又有一篇了，我已经想好了，来的真快呵。"那篇的艺术很巧，谁想他只是片刻的构思呢！他写文字时，往往拈笔伸纸，便手不停挥地写下去，开始及中间，停笔踌躇时绝少。他的稿子极清楚，每页至多只有三五个涂改的字。他说他从来是这样的。每篇写毕，我自然先睹为快；他往往称述结尾的适宜，他说对于结尾是有些把握的。看完，他立即封寄《小说月报》；照例用平信寄。我总劝他挂号；但他说："我老是这样的。"他在杭州不过两个月，写的真不少，教人羡慕不已。《火灾》里从《饭》起到《风潮》这七篇，还有《稻草人》中一部分，都是那时我亲眼看他写的。

在杭州待了两个月，放寒假前，他便匆匆地回去了；他实在离不开家，临去时让我告诉学校当局，无论如何不回来了。但他却到北平住了半年，也是朋友拉去的。我前些日子偶翻十一年的《晨报副刊》，看见他那时途中思家的小诗，重念了两遍，觉得怪有意思。北平回去不久，便入了商务印书馆编译部，家也搬到上海。从此在上海待下去，直到现在——中间又被朋友拉到福州一次，有一篇《将离》抒写那回的别恨，是缠绵悱恻的文字。这些日子，我在浙江乱跑，有时到上海小住，他常请了假和我各处玩儿或喝酒。有一回，我便住在他家，但我到上海，总爱出门，因此他老说没有能畅谈；他写信给我，老说这回来要畅谈几天才行。

十六年一月，我接眷北来，路过上海，许多熟朋友和我饯行，圣陶也在。那晚我们痛快地喝酒，发议论；他是照例地默着。酒喝完了，又去乱走，他也跟着。到了一处，朋友们和他开了个小玩笑；他脸上略露窘意，但仍微笑地默着。圣陶不是个浪漫的人；在一种意义上，他正是延陵所说的"老先生"。但他能了解别人，能谅解别人，他自己也能"作达"，所以仍然——也许格外——是可亲的。那晚快夜半了，走过爱多亚路，他向我诵周美成的词，"酒已都醒，如何消夜永!"我没有说什么;那时的心情，大约也不能说什么的。我们到一品香又消磨了半夜。这一回特别对不起圣陶;他是不能少睡觉的人。他家虽住在上海，而起居还依着乡居的日子;早七点起，晚九点睡。有一回我九点十分去，他家已熄了灯，关好门了。这种自然的，有秩序的生活是对的。那晚上伯祥说:"圣兄明天要不舒服了。"想起来真是不知要怎样感谢才好。

第二天我便上船走了，一眨眼三年半，没有上南方去。信也很少，却全是我的懒。我只能从圣陶的小说里看出他心境的迁变;这个我要留在另一文中说。圣陶这几年里似乎到十字街头走过一趟，但现在怎么样呢?我却不甚了然。他从前晚饭时总喝点酒，"以半醺为度";近来不大能喝酒了，却学了吹笛——前些日子说已会一出《八阳》，现在该又会了别的了吧。他本来喜欢看看电影，现在又喜欢听听昆曲了。但这些都不是"厌世"，如或人所说的;圣陶是不会厌世的，我知道。又，他虽会喝酒，加上吹笛，却不曾抽什么"上等的纸烟"，也不曾住过什么"小小别墅"，如或人所想的，这个我也知道。

谈 抽 烟

有人说，"抽烟有什么好处?还不如吃点口香糖,甜甜的,倒不错。"不用说,你知道这准是外行。口香糖也许不错,可是喜欢的怕是女人孩子居多;男人很少赏识这种玩意儿的;除非在美国,那儿怕有些个例外。一块口香糖得咀嚼老半天,还是嚼不完,凭你怎么斯文,那朵颐的样子,总遮掩不住,总有点儿不雅相。这其实不像抽烟,倒像衔橄榄。你见过衔着橄榄的人?腮帮子上凸出一块,嘴里不时地滋儿滋儿的。抽烟可用不着这么费劲;烟卷儿尤其省事,随便一叼上,悠然的就吸起来,谁也不来注意你。抽烟说不上是什么味道;勉强说,也许有点儿苦吧。但抽烟的不稀罕那"苦"而稀罕那"有点儿"。他的嘴太闷了,或者太闲了,就要这么点儿来凑个热闹,让他觉得嘴还是他的。嚼一块口香糖可就太多,甜甜的,够多腻味;而且有了糖也许便忘记了"我"。

抽烟其实是个玩意儿。就说抽卷烟吧,你打开匣子或罐子,抽出烟来,在桌上顿几下,衔上,擦洋火,点上。这其间每一个动作都带股劲儿,像做戏一般。自己也许不觉得,但到没有烟抽的时候,便觉得了。那时候你必然闲得无聊;特别是两只手,简直没放处。再说那吐出的烟,袅袅地缭绕着,也够你一回两回地捉摸;它可以领你走到顶远的地方去。——即便在百忙当中,也可以让你轻松一忽儿。所以老于抽烟的人,一叼上烟,真能悠然遐想。

他霎时间是个自由自在的身子,无论他是靠在沙发上的绅士,还是蹲在台阶上的瓦匠。有时候他还能够叼着烟和人说闲话;自然有些含含糊糊的,但是可喜的是那满不在乎的神气。这些大概也算是游戏三昧吧。

好些人抽烟,为的有个伴儿。譬如说一个人单身住在北平,和朋友在一块儿,倒是有说有笑的,回家来,空屋子像水一样。这时候他可以摸出一支烟抽起来,借点儿暖气。黄昏来了,屋子里的东西只剩些轮廓,暂时懒得开灯,也可以点上一支烟,看烟头上的火一闪一闪的,像亲密的低语,只有自己听得出。要是生气,也不妨迁怒一下,使劲儿吸他十来口。客来了,若你倦了说不得话,或者找不出可说的,干坐着岂不着急?这时候最好拈起一支烟将嘴堵上等你对面的人。若是他也这么办,便尽时间在烟子里爬过去。各人抓着一个新伴儿,大可以盘桓一会的。

从前抽水烟旱烟,不过一种不伤大雅的嗜好,现在抽烟却成了派头。抽烟卷儿指头黄了,由它去。用烟嘴不独麻烦,也小气,又跟烟隔得那么老远的。今儿大褂上一个窟窿,明儿坎肩上一个,由他去。一支烟里的尼古丁可以毒死一个小麻雀,也由它去。总之,蹩蹩扭扭的,其实也还是个"满不在乎"罢了。烟有好有坏,味有浓有淡,能够辨味的是内行,不择烟而抽的是大方之家。

说　扬　州

　　在第十期上看到曹聚仁先生的《闲话扬州》，比那本出名的书有味多了。不过那本书将扬州说得太坏，曹先生又未免说得太好；也不是说得太好，他没有去过那里，所说的只是从诗赋中，历史上得来的印象。这些自然也是扬州的一面，不过已然过去，现在的扬州却不能再给我们那种美梦。

　　自己从七岁到扬州，一住十三年，才出来念书。家里是客籍，父亲又是在外省当差事的时候多，所以与当地贤豪长者并无来往。他们的雅事，如访胜，吟诗，赌酒，书画名家，烹调佳味，我那时全没有份，也全不在行。因此虽住了那么多年，并不能做扬州通，是很遗憾的。记得的只是光复的时候，父亲正病着，让一个高等流氓凭了军政府的名字，敲了一竹杠；还有，在中学的几年里，眼见所谓"甩子团"横行无忌。"甩子"是扬州方言，有时候指那些"怯"的人，有时候指那些满不在乎的人。"甩子团"不用说是后一类；他们多数是绅宦家子弟，仗着家里或者"帮"里的势力，在各公共场所闹标劲，如看戏不买票，起哄等等，也有包揽词讼，调戏妇女的。更可怪的，大乡绅的仆人可以指挥警察区区长，可以大模大样招摇过市——这都是民国五六年的事，并非前清君主专制时代。自己当时血气方刚，看了一肚子气；可是人微言轻，也只好让那口气憋着罢了。

从前扬州是个大地方,如曹先生那文所说;现在盐务不行了,简直就算个没"落儿"的小城。

可是一般人还忘其所以地耍气派,自以为美,几乎不知天多高地多厚。这真是所谓"夜郎自大"了。扬州人有"扬虚子"的名字;这个"虚子"有两种意思,一是大惊小怪,二是以少报多,总而言之,不离乎虚张声势的毛病。他们还有个"扬盘"的名字,譬如东西买贵了,人家可以笑话你是"扬盘";又如店家价钱要的太贵,你可以诘问他,"把我当扬盘看么?"盘是捧出来给别人看的,正好形容耍气派的扬州人。又有所谓"商派",讥笑那些仿效盐商的奢侈生活的人,那更是气派中之气派了。但是这里只就一般情形说,刻苦诚笃的君子自然也有;我所敬爱的朋友中,便不缺乏扬州人。

提起扬州这地名,许多人想到的是出女人的地方。但是我长到那么大,从来不曾在街上见过一个出色的女人,也许那时女人还少出街吧?不过从前人所谓"出女人",实在指姨太太与妓女而言;那个"出"字就和出羊毛,出苹果的"出"字一样。《陶庵梦忆》里有"扬州瘦马"一节,就记的这类事;但是我毫无所知。不过纳妾与狎妓的风气渐渐衰了,"出女人"那句话怕迟早会失掉意义的吧。

另有许多人想,扬州是吃得好的地方。这个保你没错儿。北平寻常提到江苏菜,总想着是甜甜的腻腻的。现在有了淮扬菜,才知道江苏菜也有不甜的;但还以为油重,和山东菜的清淡不同。其实真正油重的是镇江菜,上桌子常教你腻得无可奈何。扬州菜若是让盐商家的厨子做起来,虽不到山东菜的清淡,却也滋润、利落,决不腻嘴腻舌。不但味道鲜美,颜色也清丽悦目。扬州又以面馆著名。好在汤味醇美,是所谓白汤,由种种出汤的东西如鸡鸭鱼肉等熬成,好在它的厚,和啖熊掌一般。也有清汤,就是一味鸡汤,倒并不出奇。内行的人吃面要"大煮";普通将面挑在碗里,浇上汤,"大煮"是将面在汤里煮一会,更能入味些。

扬州最著名的是茶馆;早上去下午去都是满满的。吃的花样最多。坐定了沏上茶,便有卖零碎的来兜揽,手臂上挽着一个黯淡的柳条筐,筐子里摆满了一些小蒲包分放着瓜子花生炒盐豆之类。又有炒白果的,在担子上铁锅爆着白果,一片铲子的声音。得先告诉他,才给你炒。炒得壳子爆了,露出黄亮的仁儿,铲在铁丝罩里送过来,又热又香。还有卖五香牛肉的,让他抓一些,摊在干荷叶上;叫茶房拿点好麻酱油来,拌上慢慢地吃,也可向卖零碎的买些白酒——扬州普通都喝白酒——喝着。这才叫茶房烫干丝。北平现在吃干丝,都是所谓煮干丝;那是很浓的,当菜很好,当点心却未必合式。烫干丝先将一大块方的白豆腐干飞快地切成薄片,再切为细丝,放在小碗里,用开水一浇,干丝便熟了;逼去了水,抟成圆锥似的,再倒上麻酱油,搁一撮虾米和干笋丝在尖儿,就成。说时迟,那时快,刚瞧着在切豆腐干,一眨眼已端来了。烫干丝就是清得好,不妨碍你吃别的。接着该要小笼点心。北平淮扬馆子出卖的汤包,诚哉是好,在扬州却少见;那实在是淮阴的名字,扬州不该掠美。扬州的小笼点心,肉馅儿的,蟹肉馅儿的,笋肉馅儿的且不用说,最可口的是菜包子菜烧卖,还有干菜包子。菜选那最嫩的,剁成泥,加一点儿糖一点儿油,蒸得白生生的,热腾腾的,到口轻松地化去,留下一丝儿余味。干菜也是切碎,也是加一点儿糖和油,燥湿恰到好处;细细地咬嚼,可以嚼出一点橄榄般的回味来。这么着每样吃点儿也并不太多。要是有饭局,还尽可以从容地去。但是要老资格的茶客才能这样有分寸;偶尔上一回茶馆的本地人外地人,却总忍不住狼吞虎咽,到了儿捧着肚子走出。

扬州游览以水为主,以船为主,已另有文记过,此处从略。城里城外古迹很多,如"文选楼","天保城","雷塘","二十四桥"等,却很少人留意;大家常去的只是史可法的"梅花岭"罢了。倘若有相当的假期,邀上两三个人去寻幽访古倒有意思;自然,得带点花生米,五香牛肉,白酒。

南　京

　　南京是值得留恋的地方，虽然我只是来来去去，而且又都在夏天。也想夸说夸说，可惜知道得太少；现在所写的，只是一个旅行人的印象罢了。

　　逛南京像逛古董铺子，到处都有些时代侵蚀的遗痕。你可以摩挲，可以凭吊，可以悠然遐想；想到六朝的兴废，王谢的风流，秦淮的艳迹。这些也许只是老调子，不过经过自家一番体贴，便不同了。所以我劝你上鸡鸣寺去，最好选一个微雨天或月夜。在朦胧里，才酝酿着那一缕幽幽的古味。你坐在一排明窗的豁蒙楼上，吃一碗茶，看面前苍然蜿蜒着的台城。台城外明净荒寒的玄武湖就像大涤子的画。豁蒙楼一排窗子安排得最有心思，让你看的一点不多，一点不少。寺后有一口灌园的井，可不是那陈后主和张丽华躲在一堆儿的"胭脂井"。那口胭脂井不在路边，得破费点工夫寻觅。井栏也不在井上；要看，得老远地上明故宫遗址的古物保存所去。

　　从寺后的园地，拣着路上台城；没有垛子，真像平台一样。踏在茸茸的草上，说不出的静。夏天白昼有成群的黑蝴蝶，在微风里飞；这些黑蝴蝶上下旋转地飞，远看像一根粗的圆柱子。城上可以望南京的每一角。这时候若有个熟悉历代形势的人，给你指点，隋兵是从这角进来的，湘军是从那角进来的，你可以想像异样装束的队伍，打着异样的旗帜，拿着异样的武器，汹汹涌涌地进来，远远仿佛还有哭喊之声。假如你记得一些金陵怀古的诗词，趁这时候暗诵几回，也可印证印证，也许更能领略作者当日的情思。

从前可以从台城爬出去，到玄武湖边；若是月夜，两三个人，两三个零落的影子，歪歪斜斜地挪移下去，够多好。现在可不成了，得出寺，下山，绕着大弯儿出城。七八年前，湖里几乎长满了苇子，一味地荒寒，虽有好月光，也不大能照到水上；船又窄，又小，又漏，教人逛着愁着。这几年大不同了，一出城，看见湖，就有烟水苍茫之意；船也大多了，有藤椅子可以躺着。水中岸上都光光的；亏得湖里有五个洲子点缀着，不然便一览无余了。这里的水是白的，又有波澜，俨然长江大河的气势，与西湖的静绿不同。最宜于看月，一片空濛，无边无界。若在微醺之后，迎着小风，似睡非睡地躺在藤椅上，听着船底汩汩的波响与不知何方来的箫声，真会教你忘却身在哪里。五个洲子似乎都局促无可看，但长堤婉转相通，却值得走走。湖上的樱桃最出名。据说樱桃熟时，游人在树下现买，现摘，现吃，谈着笑着，多热闹的。

清凉山在一个角落里，似乎人迹不多。扫叶楼的安排与豁蒙楼相仿佛，但窗外的景象不同。这里是滴绿的山环抱着，山下一片滴绿的树；那绿色真是扑到人眉宇上来。若许我再用画来比，这怕像王石谷的手笔了。在豁蒙楼上不容易坐得久，你至少要上台城去看看。在扫叶楼上却不想走；窗外的光景好像满为这座楼而设，一上楼便什么都有了。夏天去确有一股"清凉"味。这里与豁蒙楼全有素面吃，又可口，又贱。

莫愁湖在华严庵里。湖不大，又不能泛舟，夏天却有荷花荷叶。临湖一带屋子，凭栏眺望，也颇有远情。莫愁小像，在胜棋楼下，不知谁画的，大约不很古罢；但脸子画得秀逸之至，衣褶也柔活之至,大有"挥袖凌虚翔"的意思;若让我题,我将毫不踌躇的写上"仙乎仙乎"四字。另有石刻的画像,也在这里,想来许是那一幅画所从出;但生气反而差得多。这里虽也临湖,因为屋子深,显得阴暗些;可是古色古香,阴暗得好。诗文联语当然多,只记得王湘绮的半联云:"莫轻他北地胭脂,看艇子初来,江南儿女无颜色,"气概很不错。所谓胜棋楼,相传是明太祖与徐达下棋,徐达胜了,太祖便赐给他这一所屋子。太祖那样人,居然也会做出这种雅事来了。

秦淮河我已另有记。但那文里所说的情形,现在已大变了。从前读《桃花扇》、《板桥杂记》一类书,颇有沧桑之感;现在想到自己十多年前身历的情形,怕也会有沧桑之感了。前年看见夫子庙前旧日的画舫,那样狼狈的样子,又在老万全酒栈看秦淮河水,差不多全黑了,加上巴掌大,透不出气的所谓秦淮小公园,简直有些厌恶,再别提做什么梦了。贡院原也在秦淮河上,现在早拆得只剩一点儿了。民国五年父亲带我去看过,已经荒凉不堪,号舍里草都长满了。父亲曾经办过江南闱差,熟悉考场的情形,说来头头是道。他说考生入场时,都有送场的,人很多,门口闹嚷嚷的。天不亮就点名,搜夹带。大家都归号。似乎直到晚上,头场题才出来,写在灯牌上,由号军扛着在各号里走。所谓"号",就是一条狭长的胡同,两旁排列着号舍,口儿上写着什么天字号,地字号等等的。每一号舍之大,恰好容一个人坐着;从前人说是像轿子,真不错。几天里吃饭、睡觉,做文章,都在这轿子里;坐的伏的各有一块硬板,如是而已。官号稍好一些,是给达富贵人的子弟预备的,但得补褂朝珠地入场,那时是夏秋之交,天还热,也够受的。父亲又说,乡试时场外有兵巡逻,防备通关节。场内也竖起黑幡,叫鬼魂们有冤报冤,有仇报仇;我听到这里,有点毛骨悚然。现在贡院已变成碎石路;在路上走的人,怕很少想起这些事情了罢?

明故宫只是一片瓦砾场,在斜阳里看,只感到李太白《忆娥》的"西风残照,汉家陵阙"二语的妙。午门还残存着,遥遥直对洪武门的城楼,有万千气象。古物保存所便在这里,可惜规模太小,陈列得也无甚次序。明孝陵道上的石人石马,虽然残缺零乱,还可见泱泱大风;享殿并不巍峨,只陵下的隧道,阴森袭人,夏天在里面呆着,凉风沁人肌骨。这陵大概是开国时草创的规模,所以俭朴得很;比起长陵,差得真太远了。然而俭朴得好。

雨花台的石子,人人皆知;但现在怕也捡不着什么了。那地方毫无可看。记得刘后村的诗云:"昔日讲师何处在,高台犹以'雨花'名。有时宝向泥寻得,一片山无草敢生。"我所感的至多也只如此。还有,前些年南京枪决囚人都在雨花台下,所以洋车夫遇见别的车夫和他争先时,常说:"忙什么!赶雨花台去!"这和从前北京车说"赶菜市口儿"一样。现在时移势异,这种话渐渐听不见了。

燕子矶在长江里看,一片绝壁,危亭翼然,的确惊心动魄。但到了上边,逼窄污秽,毫无可以盘桓之处。燕山十二洞,去过三个。只三台洞层层折折,由幽入明,别有匠心,可是也年久失修了。

南京的新名胜,不用说,首推中山陵。中山陵全用青白两色,以象征青天白日,与帝王陵寝用红墙黄瓦的不同。假如红墙黄瓦有富贵气,那青琉璃瓦的享堂,青琉璃瓦的碑亭却有名贵气。从陵门上享堂,白石台阶不知多少级,但爬得够累的;然而你远看,决想不到会有这么多的台阶儿。这是设计的妙处。德国被慈达姆无愁宫前的石阶,也同此妙。享堂进去也不小;可是远处看,简直小得可以,和那白石的飞阶不相称,一点儿压不住,仿佛高个儿戴着小尖帽。近处山角里一座阵亡将士纪念塔,粗粗的,矮矮的,正当着一个青青的小山峰，让两边儿的山紧紧抱着，静极，稳极。
——潭墓没去过，听说颇有点丘壑。中央运动场也在中山陵近处，全仿外洋的样子。全国运动会时，也不知有多少照相与描写登在报上；现在是时髦的游泳的地方。

若要看旧书，可以上江苏省立图书馆去。这在汉西门龙蟠里，也是一个角落里。这原是江南图书馆，以丁丙的善本书室藏书为底子；词曲的书特别多。此外中央大学图书馆近年来也颇有不少书。中央大学是个散步的好地方。宽大，干净，有树木；黄昏时去兜一个或大或小的圈儿，最有意思。后面有个梅庵，是那会写字的清道人的遗迹。这里只是随宜的用树枝搭成的小小的屋子。庵前有一株六朝松，但据说实在是六朝桧；桧阴遮住了小院子，真是不染一尘。

南京茶馆里干丝很为人所称道。但这些人必没有到过镇江扬州，那儿的干丝比南京细得多，又从来不那么甜。我倒是觉得芝麻烧饼好，一种长圆的，刚出炉，既香，且酥，又白，大概各茶馆都有。咸板鸭才是南京的名产，要热吃，也是香得好；肉要肥要厚，才有咬嚼。但南京人都说盐水鸭更好，大约取其嫩，其鲜；那是冷吃的，我可不知怎样，老觉得不大得劲儿。

威 尼 斯

威尼斯(Venice)是一个别致地方。出了火车站,你立刻便会觉得;这里没有汽车,要到那儿,不是搭小火轮,便是雇"刚朵拉"(Gondola)。大运河穿过威尼斯像反写的 S;这就是大街。另有小河道四百十八条,这些就是小胡同。轮船像公共汽车,在大街上走;"刚朵拉"是一种摇橹的小船,威尼斯所特有,它哪儿都去。威尼斯并非没有桥;三百七十八座,有的是。只要不怕转弯抹角,那儿都走得到,用不着下河去。可是轮船中人还是很多,"刚朵拉"的买卖也似乎并不坏。

威尼斯是"海中的城",在意大利半岛的东北角上,是一群小岛,外面一道沙堤隔开亚得利亚海。在圣马克方场的钟楼上看,团花簇锦似的东一块西一块在绿波里荡漾着。远处是水天相接,一片茫茫。这里没有什么煤烟,天空干干净净;在温和的日光中,一切都像透明的。中国人到此,仿佛在江南的水乡;夏初从欧洲北部来的,在这儿还可看见清清楚楚的春天的背影。海水那么绿,那么酽,会带你到梦中去。

威尼斯不单是明媚,在圣马克方场走走就知道。这个方场南面临着一道运河;场中偏东南便是那可以望远的钟楼。威尼斯最热闹的地方是这儿,最华妙庄严的地方也是这儿。除了西边,围着的都是三百年以上的建筑,东边居中是圣马克堂,却有了八九百年——钟楼便在它的右首。再向右是"新衙门";教堂左首是"老衙门"。这两溜儿楼房的下一层,现在满开了铺子。铺子前面是长廊,一天到晚是来来去去的人。紧接着教堂,直伸向运河去的是公爷府;这个一半属于小方场,另一半便属于运河了。

圣马克堂是方场的主人,建筑在十一世纪,原是卑赞廷式,以直线为主。十四世纪加上戈昔式的装饰,如尖拱门等;十七世纪又参入文艺复兴期的装饰,如栏干等。所以庄严华妙,兼而有之;这正是威尼斯人的漂亮劲儿。教堂里屋顶与墙壁上满是碎玻璃嵌成的画,大概是真金色的地,蓝色和红色的圣灵像。这些像做得非常肃穆。教堂的地是用大理石铺的,颜色花样种种不同。在那种空阔阴暗的氛围中,你觉得伟丽,也觉得森严。教堂左右那两溜儿楼房,式样各别,并不对称;钟楼高三百二十二英尺,也偏在一边儿。但这两溜房子都是三层,都有许多拱门,恰与教堂的门面与圆顶相称;又都是白石造成,越衬出教堂的金碧辉煌来。教堂右边是向运河去的路,是一个小方场,本来显得空阔些,钟楼恰好填了这个空子。好像我们戏里大将出场,后面一杆旗子总是偏着取势;这方场中的建筑,节奏其实是和谐不过的。十八世纪意大利卡那来陀(Canaletto)一派画家专画威尼斯的建筑,取材于这方面的很多。德国德莱司敦画院中有几张,真好。

公爷府里有好些名人的壁画和屋顶画,丁陶来陀(Tintoretto,十六世纪)的大画《乐园》最著名;但更重要的是它建筑的价值。运河上有了这所房子,增加了不少颜色。这全然是戈昔式;动工在九世纪初,以后屡次遭火,屡次重修,现在的据说还是原来的式样。最好看的是它的西南两面;西面斜对着圣马克方场,南面正在运河上。在运河里看,真像在画中。它也是三层:下两层是尖拱门,一眼看去,无数的柱子。最下层的拱门简单疏阔,是载重的样子；上一层便繁密得多，为装饰之用；最上层却更简单，一根柱子没有，除了疏疏落落的窗和门之外，都是整块的墙面。墙面上用白的与玫瑰红的大理石砌成素朴的方纹，在日光里鲜明得像少女一般。威尼斯人真不愧着色的能手。这所房子从运河中看，好像在水里。下两层是玲珑的架子，上一层才是屋子；这是很巧的结构，加上那艳而雅的颜色，令人有惝恍迷离之感。府后有太息桥；从前一边是监狱，一边是法院，狱囚提讯须过这里，所以得名。拜伦诗中曾咏此，因而便脍炙人口起来，其实也只是近世的东西。

威尼斯的夜曲是很著名的。夜曲本是一种抒情的曲子，夜晚在人家窗下随便唱。可是运河里也有：晚上在圣马克方场的河边上，看见河中有红绿的纸球灯，便是唱夜曲的船。雇了"刚朵拉"摇过去，靠着那个船停下，船在水中间，两边挨次排着"刚朵拉"，在微波里荡着，像是两只翅膀。唱曲的有男有女，围着一张桌子坐，轮到了便站起来唱，旁边有音乐和着。曲词自然是意大利语，意大利的语音据说最纯粹，最清朗。听起来似乎的确斩截些，女人的尤其如此——意大利的歌女是出名的。音乐节奏繁密，声情热烈，想来是最流行的"爵士乐"。在微微摇摆地红绿灯球底下，颤着醹醹的歌喉，运河上一片朦胧的夜也似乎透出玫瑰红的样子。唱完几曲之后，船上有人跨过来，反拿着帽子收钱，多少随意。不愿意听了，还可摇到第二处去。这个略略像当年的秦淮河的光景，但秦淮河却热闹得多。

从圣马克方场向西北去，有两个教堂在艺术上是很重要的。一个是圣罗珂堂，旁边有一所屋子，墙上屋顶上满是画；楼上下大小三间屋，共六十二幅画，是丁陶来陀的手笔。屋里暗极，只有早晨看得清楚。丁陶来陀作画时，因地制宜，大部分只粗粗钩勒，利用阴影，教人看了觉得是几经琢磨似的。《十字架》一幅在楼上小屋内,力量最雄厚。佛拉利堂在圣罗珂近旁,有大画家铁沁(Titian,十六世纪)和近代雕刻家卡奴洼(Canova)的纪念碑。卡奴洼的,灵巧,是自己打的样子;铁沁的,宏壮,是十九世纪中叶才完成的。他的《圣处女升天图》挂在神坛后面,那朱红与亮蓝两种颜色鲜明极了,全幅气韵流动,如风行水上。倍里尼(Giovanni Bellini,十五世纪)的《圣母像》,也是他的精品。他们都还有别的画在这个教堂里。

从圣马克方场沿河直向东去,有一处公园;从一八九五年起,每两年在此地开国际艺术展览会一次。今年是第十八届;加入展览的有意,荷,比,西,丹,法,英,奥,苏俄,美,匈,瑞士,波兰等十三国,意大利的东西自然最多,种类繁极了;未来派立体派的图画雕刻,都可见到,还有别的许多新奇的作品,说不出路数。颜色大概鲜明,教人眼睛发亮;建筑也是新式,简截不啰嗦,痛快之至。苏俄的作品不多,大概是工农生活的表现,兼有沉毅和高兴的调子。他们也用鲜明的颜色,但显然没有很费心思在艺术上,作风老老实实,并不向牛犄角里寻找新奇的玩意儿。

威尼斯的玻璃器皿,刻花皮件,都是名产,以典丽风华胜,缂丝也不错。大理石小雕像,是著名大品的缩本,出于名手的还有味。

佛 罗 伦 司

　　佛罗伦司(Florence)最教你忘不掉的是那色调鲜明的大教堂与在它一旁的那高耸入云的钟楼。教堂靠近闹市，在狭窄的旧街道与繁密的市房中，展开它那伟大的个儿，好像一座山似的。它的门墙全用大理石砌成，黑的红的白的线条相间着。长方形是基本图案，所以直线虽多，而不觉严肃，也不觉浪漫；白天里绕着教堂走，仰着头看，正像看达文齐的《摩那丽沙》(Mona Lisa)像，她在你上头，可也在你里头。这不独是线形温和平静的缘故，那三色的大理石，带着它们的光泽，互相显映，也给你鲜明稳定的感觉；加上那朴素而黯淡的周围，衬托着这富丽堂皇的建筑，像给它打了很牢固的基础一般。夜晚就不同些；在模糊的街灯光里，这庞然的影子便有些压迫着你了。教堂动工在十三世纪，但门墙只是十九世纪的东西；完成在一八八四年，算到现在才四十九年。教堂里非常简单，与门墙决不相同，只穹隆顶宏大而已。

　　钟楼在教堂的右首，高二百九十二英尺，是乔陀(Giotto，十四世纪)的杰作。乔陀是意大利艺术的开山祖师；从这座钟楼可以看出他的大匠手。这也用颜色大理石砌成墙面；宽度与高度正合式，玲珑而不显单薄。墙面共分七层：下四层很短，是打根基的样子，最上层最长，以助上耸之势。窗户越高越少越大，最上层只有一个；在长方形中有金字塔形的妙用。教堂对面是受洗所，以吉拜地(Ghiberti)做的铜门著名。有两扇最工，上刻《圣经》故事图十方，分远近如画法，但未免太工些；门上并有作者的肖像。密凯安杰罗(十六世纪)说过这两扇门真配做天上乐园的门，传为佳话。

教堂内容富丽的，要推送子堂，以《送子图》得名。门外廊子里有沙陀(Sarto，十六世纪)的壁画，他自己和他太太都在画中；画家以自己或太太作模特儿是常见的。教堂里屋顶以金漆花纹界成长方格子，灿烂之极。门内左边有一神龛，明灯照耀，香花供养，墙上便是《送子图》。画的是天使送耶稣给处女玛利亚，相传是天使的手笔。平常遮着不让我们俗眼看；每年只复活节的礼拜五揭开一次。这是塔斯干省最尊的神龛了。

梅迭契(Medici)家庙也以富丽胜，但与别处全然不同。梅迭契家是中古时大公爵，治佛罗伦司多年。那时佛罗伦司非常富庶，他们家穷极奢华；佛罗伦司艺术的兴盛，一半便由于他们的爱好。这个家庙是历代大公爵家族的葬所。房屋是八角形，有穹隆顶；分两层，下层是坟墓，上层是雕像与纪念碑等。上层墙壁，全用各色上好大理石作面子，中间更用宝石嵌成花纹，地也用大理石嵌花铺成；屋顶是名人的画。光彩焕发，五色纷纶；嵌工最精细，平滑如天然。佛罗伦司嵌石是与威尼斯嵌玻璃齐名的，梅迭契家造这个庙，用过二千万元，但至今并未完成；雕像座还空着一大半，地也没有全铺好。旁有新庙，是密凯安杰罗所建，朴质无华；中有雕像四座，叫做《昼》《夜》《晨》《昏》，是纪念碑的装饰，是出于密凯安杰罗的手，颇有名。

十字堂是"佛罗伦司的西寺"，"塔斯干的国葬院"；前面是但丁的造像。密凯安杰罗与科学家格里雷的墓都在这里，但丁也有一座纪念碑；此外名人的墓还很多。佛罗伦司与但丁有关系的遗迹，除这所教堂外，在送子堂附近是他的住宅；是一所老老实实的小砖房，带一座方楼，据说那时阔人家都有这种方楼的。他与他的情人佩特拉齐相遇，传说是在一座桥旁；这个情景常见于图画中。这座有趣的桥，照画看便是阿奴河上的三一桥；桥两头各有雕像两座，风光确是不坏。佩特拉齐的住宅离但丁的也不远；她葬在一个小教堂里，就在住宅对面小胡同内。这个教堂双扉紧闭，破旧得可以，据说是终年不常开的。但丁与佩特拉齐的屋子，现在都已作别用，不能进去，只墙上钉些纪念的木牌而已。佩特拉齐住宅墙上有一块木牌，专钞但丁的诗两行，说他遇见了一个美人，却有些意思。还有一所教堂，据说原是但丁写《神曲》的地方；但书上没有，也许是"齐东野人"之语罢。密凯安杰罗住过的屋子在十字堂近旁，是他侄儿的住宅。现在是一所小博物院，其中两间屋子陈列着密凯安杰罗塑的小品，有些是名作的雏形，都奕奕有神采。在这一层上，他似乎比但丁还有幸些。

佛罗伦司著名的方场叫做官方场，据说也是历史的和商业的中心，比威尼斯的圣马克方场黯淡冷落得多。东边未周府，原是共和时代的议会，现在是市政府。要看中古时佛罗伦司的堡子，这便是个样子，建筑仿佛铜墙铁壁似的。门前有密凯安杰罗《大卫》(David)像的翻本(原件存本地国家美术院中)。府西是著名的喷泉，雕像颇多；中间亚波罗驾四马，据说是一块大理石凿成。但死板板的没有活气，与旁边有血有肉的《大卫》像一比，便看出来了。密凯安杰罗说这座像白费大理石，也许不错。府东是朗齐亭，原是人民会集的地方，里面有许多好的古雕像；其中一座像有两个面孔，后一个是作者自己。

方场东边便是乌费齐画院(Uffizi Gallery)。这画院是梅迭契家立的，收藏十四世纪到十六世纪的意大利画最多；意大利画的精华荟萃于此，比哪儿都好。乔陀，波铁乞利(Botticelli，十五世纪),达文齐(十五世纪),拉飞尔(十六世纪),密凯安杰罗,铁沁的作品,这儿都有;波铁乞利和铁沁的最多。乔陀,波铁乞利,达文齐都是佛罗伦司派,重形线与构图;拉飞尔曾到佛罗伦司,也受了些影响。铁沁是威尼斯派,重着色。这两个潮流是西洋画的大别。波铁乞利的作品如《勃里马未拉的寓言》,《爱神的出生》等似乎最能代表前一派;达文齐的《送子图》,构图也极巧妙。铁沁的《佛罗拉像》和《爱神》,可以看出丰富的颜色与柔和的节奏。另有《蓝色圣母像》,沙琐费拉陀(Sossoierrato,十七世纪)所作,后来临摹的很多:《小说月报》曾印作插图。古雕像以《梅迭契爱神》,《摔跤》为最:前者情韵欲流,后者精力饱满,都是神品。隔阿奴河有辟第(Pitti)画院,有长廊与乌费齐相通;这条长廊架在一座桥的顶上,里面挂着许多画像。辟第画院是辟第(LucaPitti)立的。他和梅迭契是死冤家。可是后来扩充这个画院的还是梅迭契家。收藏的名画有拉飞尔的两幅《圣母像》,《福那利那像》与铁沁的《马达来那像》等。福那利那是拉飞尔的未婚妻,是他许多名作的模特儿。铁沁此幅和《佛罗拉像》作风相近,但金发飘拂,节奏更要生动些。

两个画院中常看见女人坐在小桌旁用描花笔蘸着粉临摹小画像,这种小画像是将名画临摹在一块长方的或椭圆的小纸上,装在小玻璃框里,作案头清供之用。因为地方太小,只能临摹半身像。这也是西方一种特别的艺术,颇有些历史。看画院的人走过那些小桌子旁,她们往往请你看她们的作品;递给你扩大镜让你看出那是一笔不苟的。每件大约二十元上下。她们特别拉住些太太们,也许太太们更能赏识她们的耐心些。

十字堂邻近,许多做嵌石的铺子。黑地嵌石的图案或带图案味的花卉人物等都好;好在颜色与光泽彼此衬托,恰到佳处。有几块小丑像,趣极了。但临摹风景或图画的却没有什么好。无论怎么逼真,总还隔着一层;嵌石决不能如作画那么灵便的。再说就使做得和画一般,也只是因难见巧,没有一点新东西在内。威尼斯嵌玻璃却不一样。他们用玻璃小方块嵌成风景图;这些玻璃块相似而不尽相同,它们所构成的不是一个简单的平面,而是许多颜色的点儿。你看时会觉得每一点都触着你,它们间的光影也极容易跟着你的角度变化;至少这"触着你"一层,画是办不到的。不过佛罗伦司所用大理石,色泽胜于玻璃多多;威尼斯人虽会着色,究竟还赶不上。

荷　兰

　　一个在欧洲没住过夏天的中国人,在初夏的时候,上北国的荷兰去,他简直觉得是新秋的样子。淡淡的天色,寂寂的田野,火车走着,像没人理会一般。天尽头处偶尔看见一架半架风车,动也不动的,像向天揸开的铁手。在瑞士走,有时也是这样一劲儿的静;可是这儿的肃静,瑞士却没有。瑞士大半是山道,窄狭的,弯曲的,这儿是一片广原,气象自然不同。火车渐渐走近城市,一溜房子看见了。红的黄的颜色,在那灰灰的背景上,越显得鲜明照眼。那尖屋顶原是三角形的底子,但左右两边近底处各折了一折,便多出两个角来;机伶里透着老实,像个小胖子,又像个小老头儿。

　　荷兰人有名地会盖房子。近代谈建筑,数一数二是荷兰人。快到罗特丹(Rotterdam)的时候,有一家工厂,房屋是新样子。房子分两截,近处一截是一道内曲线,两大排玻璃窗子反射着强弱不同的光。接连着的一截是比较平正些的八层楼,窗子也是横排的。"楼梯间"满用玻璃,外面既好看,上楼又明亮好走,比旧式阴森森的楼梯间,只在墙上开着小窗户的自然好多了。整排不断的横窗户也是现代建筑的特色;靠着钢骨水泥,才能这样办。这家工厂的横窗户有两个式样,窗宽墙窄是一式,墙宽窗窄又是一式。有人说这种墙和窗子像面包夹火腿;但哪是面包哪是火腿却弄不明白。又有人说这种房子仿佛满支在玻璃上，老教人疑心要倒塌似的。可是我只觉得一条条连接不断的横线都有大气力，足以支撑这座大屋子而有余，而且一眼看下去，痛快极了。

海牙和平宫左近，也有不少新式房子，以铺面为多，与工厂又不同。颜色要鲜明些，装饰风也要重些，大致是清秀玲珑的调子。最精致的要数那一座"大厦"，是分租给人家住的。是不规则的几何形。约莫居中是高耸的通明的楼梯间，界划着黑钢的小方格子。一边是长条子，像伸着的一只胳膊；一边是方方的。每层楼都有栏干，长的那边用蓝色，方的那边用白色，衬着淡黄的窗子。人家说荷兰的新房子就像一只轮船，真不错。这些栏干正是轮船上的玩意儿。那梯子间就是烟囱了。大厦前还有一个狭长的池子，浅浅的，尽头处一座雕像。池旁种了些花草，散放着一两张椅子。屋子后面没有栏干，可是水泥墙上简单的几何形的界划，看了也非常爽目。那一带地方很宽阔，又清静，过午时大厦满在太阳光里，左近一些碧绿的树掩映着，教人舍不得走。亚姆斯特丹(Amsterdam)的新式房子更多。皇宫附近的电报局，样子打得巧，斜对面那家电气公司却一味地简朴；两两相形起来，倒有点意思。别的似乎都赶不上这两所好看。但"新开区"还有整大片的新式建筑，没有得去看，不知如何。

荷兰人又有名地会画画。十七世纪的时候，荷兰脱离了西班牙的羁绊，渐渐地兴盛，小康的人家多起来了。他们衣食既足，自然想着些风雅的玩意儿。那些大幅的神话画宗教画，本来专供装饰宫殿小教堂之用。他们是新国，用不着这些。他们只要小幅头画着本地风光的。人像也好，风俗也好，景物也好，只要"荷兰的"就行。在这些画里，他们亲亲切切地看见自己。要求既多，供给当然跟着。那时画是上市的，和皮鞋与蔬菜一样，价钱也差不多。

就中风俗画(Genre picture)最流行。直到现在，一提起荷兰画家，人总容易想起这种画。这种画的取材是极平凡的日常生活；而且限于室内，采的光往往是灰暗的。这种材料的生命在亲切有味或滑稽可喜。一个卖野味的铺子可以成功一幅画，一顿饭也可能成功一幅画。有些滑稽太过，便近乎低级趣味。譬如海牙毛利丘司(Mauritshuis)画院所藏的莫兰那(Molenaer)画的《五觉图》。《嗅觉》一幅，画一妇人捧着小孩，他正在拉矢。《触觉》一幅更奇，画一妇人坐着，一男人探手入她的衣底；妇人便举起一只鞋，要向他的头上打下去。这画院里的名画却真多。陀(Dou)的《年轻的管家妇》，琐琐屑屑地画出来，没有一些地方不熨贴。鲍特(Potter)的《牛》工极了，身上一个蝇子都没有放过，但是活极了，那牛简直要从墙上缓缓地走下来；布局也单纯得好。卫米尔(Vermeer)画他本乡代夫脱(Delft)的风景一幅，充分表现那静肃的味道。他是小风景画家，以善分光影和精于布局著名。风景画取材杂，要安排得停当是不容易的。荷兰画像，哈司(Hals)是大师。但他的好东西都在他故乡哈来姆 (Haorlem)，别处见不着。亚姆斯特丹的力克士博物院(Ryks Museum)中有他一幅《俳优》，是一个弹着琵琶的人，神气颇足。这些都是十七世纪的画家。

　　但是十七世纪荷兰最大的画家是冉伯让(Rembrandt)。他与一般人不同，创造了个性的艺术；将自己的思想感情，自己这个人放进他画里去。他画画不再伺候人，即使画人像，画宗教题目，也还分明地见出自己。十九世纪艺术的浪漫运动只承认表现艺术家的个性的作品有价值，便是他的影响。他领略到精神生活里神秘的地方，又有深厚的情感。最爱用一片黑做背景；但那黑是活的不是死的。黑里渐渐透出黄黄的光，像压着的火焰一般；在这种光里安排着他的人物。像这样的光影的对照是他的绝技；他的神秘与深厚也便从这里见出。这不仅是浮泛的幻想，也是贴切的观察；在他作品里梦和现实混在一块儿。有人说他从北国的烟云里悟出了画理，那也许是真的。他会看到氤氲的底里去。他的画像最能表现人的心理，也便是这个缘故。

毛利丘司里有他的名作《解剖班》、《西面在圣殿中》。前一幅写出那站着在说话的大夫从容不迫的样子。一群学生围着解剖台，有些坐着，有些站着；毛着腰的，侧着身子的，直挺挺站着的，应有尽有。他们的头，或俯或仰，或偏或正，没有两个人相同。他们的眼看着尸体，看着说话的大夫，或无所属，但都在凝神听话。写那种专心致志的光景，维妙维肖。后一幅写殿宇的庄严，和参加的人的圣洁与和蔼，一种虔敬的空气弥漫在画面上，教人看了会沉静下去。他的另一杰作《夜巡》在力克士博物院里。这里一大群武士，都拿了兵器在守望着敌人。一位爵爷站在前排正中间，向着旁边的弁兵有所吩咐；别的人有的在眺望，有的在指点，有的在低低地谈论，右端一个打鼓的，人和鼓都只露了一半；他似乎焦急着，只想将槌子敲下去。左端一个人也在忙忙地伸着右手整理他的枪口。他的左胳膊底下钻出一个孩子，露着惊惶的脸。人物的安排，交互地用疏密与明暗；乍看不匀称，细看再匀称没有。这幅画里光的运用最巧妙；那些浓淡浑析的地方，便是全画的精神所在。冉伯让是雷登（Leyden）人，晚年住在亚姆斯特丹。他的房子还在，里面陈列着他的腐刻画与钢笔毛笔画。腐刻画是用药水在铜上刻出画来，他是大匠手；钢笔画毛笔画他也擅长。这里还有他的一座铜像，在用他的名字的广场上。

海牙是荷兰的京城，地方不大，可是清静。走在街上，在淡淡的太阳光里，觉得什么都可以忘记了的样子。城北尤其如此。新的和平宫就在这儿，这所屋是一个人捐了做国际法庭用的。屋不多，里面装饰得很好看。引导人如数家珍地指点着，告诉游客这些装饰品都是世界各国捐赠的。楼上正中一间大会议厅，他们称为日本厅；因为三面墙上都挂着日本的大幅的缂丝，而这几幅东西是日本用了多少多少人在不多的日子里特地赶做出来给这所和平宫用的。这几幅都是花鸟，颜色鲜明，织得也细致；那日本特有的清丽的画风整个儿表现着。中国送的两对景泰蓝的大壶(古礼器的壶)也安放在这间厅里。厅中间是会议席，每一张椅子背上有一个缎套子，绣着一国的国旗；那国的代表开会时便坐在这里。屋左屋后是花园；亭子，喷水，雕像，花木等等，错综地点缀着，明丽深曲兼而有之。也不十二分大，却老像走不尽的样子。从和平宫向北去，电车在稀疏的树林子里走。满车中绿荫荫的，斑驳的太阳光在车上在地下跳跃着过去。不多一会儿就到海边了。海边热闹得很，玩儿的人来往不绝。长长的一带沙滩上，满放着些藤篓子——实在是些轿式的藤椅子，预备洗完澡坐着晒太阳的。这种藤篓子的顶像一个瓢，又圆又胖，那拙劲儿真好。更衣的小木屋也多。大约天气还冷，沙滩上只看见零零落落的几个人。那北海的海水白白的展开去，没有一点风涛，像个顶听话的孩子。

亚姆斯特丹在海牙东北，是荷兰第一个大城。自然不及海牙清静。可是河道多，差不多一道街就有一道河，是北国的水乡；所以有"北方威尼斯"之称。桥也有三百四十五座，和威尼斯简直差不多。河道宽阔干净，却比威尼斯好；站在桥上顺着河望过去，往往水木明瑟，引着你一直想见最远最远的地方。亚姆斯特丹东北有一个小岛，叫马铿(Marken)岛，是个小村子。那边的风俗服装古里古怪的，你一脚踏上岸就会觉得回到中世纪去了。乘电车去，一路经过两三个村子。那是个阴天。漠漠的风烟，红黄相间的板屋，正在旋转着让船过去的轿，都教人耳目一新。到了一处，在街当中下了车，由人指点着找着了小汽轮。海上坦荡荡的，远处一架大风车在慢慢地转着。船在斜风细雨里走，渐渐从朦胧里看见马锒岛。这个岛真正"不满眼"，一道堤低低的环绕着。据说岛只高出海面几尺，就仗着这一点儿堤挡住了那茫茫的海水。岛上不过二三十份人家，都是尖顶的板屋；下面一律搭着架子，因为隔水太近了。板屋是红黄黑三色相间着，每所都如此。岛上男人未多见，也许打渔去了；女人穿着红黄白蓝黑各色相间的衣裳，和他们的屋子相配。总而言之，一到了岛上，虽在黯淡的北海上，眼前却亮起来了。岛上各家都预备着许多纪念品，争着将游客让进去；也有装了一大柳条筐，一手抱着孩子，一手挽着筐子在路上兜售的。自然做这些事的都是些女人。纪念品里有些玩意儿不坏：如小木鞋，像我们的毛窝的样子；如长的竹烟袋儿，烟袋锅的脖子上挂着一双顶小的木鞋，的里瓜拉的；如手绢儿，一角上绒绣着岛上的女人，一架大风车在她们头上。

回来另是一条路，电车经过另一个小村子叫伊丹(Edam)。这儿的干酪四远驰名，但那一座挨着一座跨在一条小河上的高架吊桥更有味。望过去足有二三十座，架子像城门圈一般；走上去便微微摇晃着。河直而窄，两岸不多几层房屋，路上也少有人，所以仿佛只有那一串儿的桥轻轻地在风里摆着。这时候真有些觉得是回到中世纪去了。

博　物　院

伦敦的博物院带画院，只检大的说，足足有十个之多。在巴黎和柏林，并不"觉得"博物院有这么多似的。柏林的本来少些；巴黎的不但不少，还要多些，但除卢佛宫外，都不大。最要紧的，伦敦各院陈列得有条有理的，又疏朗，房屋又亮，得看；不像卢佛宫，东西那么挤，屋子那么黑，老教人喘不出气。可是，伦敦虽然得看，说起来也还是千头万绪；真只好检大的说罢了。

先看西南角。维多利亚亚伯特院最为堂皇富丽。这是个美术博物院，所收藏的都是美术史材料，而装饰用的工艺品尤多，东方的西方的都有。漆器，瓷器，家具，织物，服装，书籍装订，道地五光十色。这里颇有中国东西，漆器瓷器玉器不用说，壁画佛像，罗汉木像，还有乾隆宝座也都见于该院的"东方百珍图录"里。图录里还有明朝李麟(原作 Li Ling，疑系此人)画的《波罗球戏图》；波罗球骑着马打，是唐朝从西域传来的。中国现在似乎没存着这种画。院中卖石膏像，有些真大。

自然史院是从不列颠博物院分出来的。这里才真古色古香，也才真"巨大"。看了各种史前人的模型，只觉得远烟似的时代，无从凭吊，无从怀想——满够不上分儿。中生代大爬虫的骨架，昂然站在屋顶下，人还够不上它们一条腿那么长，不用提"项背"了。现代鲸鱼的标本虽然也够大的，但没腿，在陆居的我们眼中就差多了。这里有夜莺,自然是死的,那样子似乎也并不特别秀气;嗓子可真脆真圆,我在话匣片里听来着。

欧战院成立不过十来年。大战各方面,可以从这里略见一斑。这里有模型,有透视画(dioramas),有照相,有电影机,有枪炮等等。但最多的还是画。大战当年,英国情报部雇用一群少年画家,教他们搁下自己的工作,大规模的画战事画,以供宣传,并作为历史纪录。后来少年画家不够用,连老画家也用上了。那时情报部常常给这些画家开展览会,个人的或合伙的。欧战院的画便是那些展览作品的一部分。少年画家大约都是些立体派,和老画家的浪漫作风迥乎不同。这些画家都透视了战争,但他们所成就的却只是历史纪录,艺术是没有什么的。

现在该到西头来,看人所熟知的不列颠博物院了。考古学的收藏,名人文件,抄本和印本书籍,都数一数二;顾恺之《女史箴》卷子和敦煌卷子便在此院中。瓷器也不少,中国的,土耳其的,欧洲各国的都有;中国的不用说,土耳其的青花,浑厚朴拙,比欧洲金的蓝的或刻镂的好。考古学方面,埃及王拉米塞斯第二(约公元前1250)巨大的花岗石像,几乎有自然史院大爬虫那么高,足为我们扬眉吐气;也有坐像。坐立像都僵直而四方,大有虽地动山摇不倒之势。这些像的石质尺寸和形状,表示统治者永久的超人的权力。还有贝叶的《死者的书》,用象形字和俗字两体写成。罗塞他石,用埃及两体字和希腊文刻着诏书一通(公元前195),一七九八年出土;从这块石头上,学者比对希腊文,才读通了埃及文字。

希腊巴昔农庙(Parthenon)各件雕刻,是该院最足以自豪的。这个庙在雅典,奉祀女神雅典巴昔奴;配利克里斯(Pericles)时代,教成千带万的艺术家,用最美的大理石,重建起来,总其事的是配氏的好友兼顾问,著名雕刻家费迪亚斯(Phidias)。那时物阜民丰,费了二十年工夫，到了公元前四三五年，才造成。庙是长方形，有门无窗；或单行或双行的石柱围绕着，像女神的马队一般。短的两头，柱上承着三角形的楣；这上面都雕着像。庙墙外上部，是著名的刻壁。庙在一六八七年让威尼斯人炸毁了一部分；一八〇一年，爱而近伯爵从雅典人手里将三角楣上的像，刻壁，和些别的买回英国，费了七万镑，约合百多万元；后来转卖给这博物院，却只要一半价钱。院中特设了一间爱而近室陈列那些艺术品，并参考巴黎国家图书馆所藏的巴昔农庙诸图，做成庙的模型，巍巍然立在石山上。

希腊雕像与埃及大不相同，绝无僵直和紧张的样子。那些艺术家比较自由，得以研究人体的比例；骨架，肌理，皮肉，他们都懂得清楚，而且有本事表现出来。又能抓住要点，使全体和谐不乱。无论坐像立像，都自然，庄严，造成希腊艺术的特色：清明而有力。当时运动竞技极发达；艺术家雕神像，常以得奖的人为"模特儿"，赤裸裸的身体里充满了活动与力量。可是究竟是神像；所以不能是如实的人像而只是理想的人像。这时代所缺少的是热情，幻想；那要等后世艺人去发展了。庙的东楣上运命女神三姊妹像，头已经失去了，可是那衣褶如水的轻妙，衣褶下身体的充盈，也从繁复的光影中显现，几乎不相信是石人。那刻壁浮雕着女神节贵家少女献衣的行列。少女们穿着长袍，庄严的衣褶，和运命女神的又不一样，手里各自拿着些东西；后面跟着成队的老人，妇女，雄赳赳的骑士，还有带祭品的人，齐向诸神而进。诸神清明彻骨，在等待着这一行人众。这刻壁上那么多人，却不繁杂，不零散，打成一片，布局时必然煞费苦心。而细看诸少女诸骑士，也各有精神，绝不一律；其间刀锋或深或浅，光影大异。少壮的骑士更像生龙活虎，千载如见。

院中所藏名人的文件太多了。像莎士比亚押房契,密尔顿出卖《失乐园》合同(这合同是书记代签,不出密氏亲笔),巴格来夫(Palgrave)《金库集》稿,格雷《挽歌》稿,哈代《苔丝》稿,达文齐,密凯安杰罗的手册,还有维多利亚后四岁时铅笔签字,都亲切有味。至于荷马史诗的贝叶,公元一世纪所写,在埃及发现的,以及九世纪时希伯来文《旧约圣经》残页,据说也许是世界上最古《圣经》钞本的,却真令人悠然遐想。还有,二世纪时,罗马舰队一官员,向兵丁买了一个七岁的东方小儿为奴,立了一张贝叶契,上端盖着泥印七颗;和英国大宪章的原本,很可比着看。院里藏的中古钞本也不少;那时欧洲僧侣非常闲,日以抄书为事;字用峨特体,多棱角,精工是不用说的。他们最考究字头和插画,必然细心勾勒着上鲜丽的颜色,蓝和金用得多些;颜色也选得精,至今不变。某抄本有岁历图,二幅,画十二月风俗,细致风华,极为少见。每幅下另有一栏,画种种游戏,人物短小,却也滑稽可喜。画目如下:正月,析薪;二月,炬舞;三月,种花,伐木;四月,情人园会;五月,荡舟;六月,比武;七月,行猎,刈麦;八月,获稻;九月,酿酒;十月,耕种;十一月,猎归;十二月,屠豕。钞本和印本书籍之多,世界上只有巴黎国家图书馆可与这博物院相比;此处印本共三百二十万余册。有穹窿顶的大阅览室,圆形,室中桌子的安排,好像车轮的辐,可坐四百八十五人;管理员高踞在毂中。

次看画院。国家画院在西中区闹市口,匹对着特拉伐加方场一百八十四英尺高的纳尔逊石柱子。院中的画不算很多,可是足以代表欧洲画史上的各派,他们自诩,在这一方面,世界上那儿也及不上这里。最完全的是意大利十五六世纪的作品,特别是佛罗伦司派,大约除了意大利本国,便得上这儿来了。画按派别排列,可也按着时代。但是要看英国美术,此地不成,得上南边儿泰特

(Tate)画院去。那画院在泰晤士河边上；一九二八年水上了岸，给浸坏了特耐尔(Joseph Malord William Turner,1775~1851)好多画，最可惜。特耐尔是十九世纪英国最大的风景画家，也是印象派的先锋。他是个穷苦的孩子，小时候住在菜市旁的陋巷里，常只在泰晤士河的码头和驳船上玩儿。他对于泰晤士河熟了，所以后来爱画船，画水，画太阳光。再后来他费了二十多年工夫专研究光影和色彩，轮廓与内容差不多全不管；这便做了印象派的前驱了。他画过一幅《日出：湾头堡子》，那堡子淡得只见影儿，左手一行树，也只有树的意思罢了；可是，瞧，那金黄的朝阳的光，顺着树水似的流过去，你只觉着温暖，只觉着柔和，在你的身上，那光却又像一片海，满处都是的，可是闪闪烁烁，仪态万千，教你无从捉摸，有点儿着急。

特耐尔以前，坚士波罗(Gainsborough,1727~1788)是第一个人脱离荷兰影响，用英国景物作风景画的题材；又以画像著名。何嘉士(Hogarth,1697~1764)画了一套《结婚式》，又生动又亲切，当时刻板流传，风行各处，现存在这画院中。美国大画家惠斯勒(Whistler)称他为英国仅有的大画家。雷诺尔兹(Reynolds,1723~1792)的画像，与坚士波罗并称。画像以性格与身份为主，第一当然要像。可是从看画者一面说，像主若是历史上的或当代的名人，他们的性格与身份，多少总知道些，看起来自然有味，也略能批评得失。若只是平凡的人，凭你怎样像，陈列到画院里，怕就少有去理会的。因此，画家为维持他们永久的生命计，有时候重视技巧，而将"像"放在第二着。雷诺尔兹与坚士波罗似乎就是这样的人。他们画的像，色调鲜明而缥缈。庄严的男相，华贵的女相，优美活泼的孩子相，都算登峰造极；可就是不大"像"。坚氏的女像总太瘦；雷氏的不至于那么瘦，但是像主往往退回他的画，说太不像。——

国家画院旁有个国家画像院,专陈列英国历史上名人的像,文学家,艺术家,科学家,政治家,皇族,应有尽有,约共二千一百五十人。油画是大宗,排列依着时代。这儿也看见雷坚二氏的作品;但就全体而论,历史比艺术多的多。

泰特画院中还藏着诗人勃来克(William Blake,1757~1827)和罗塞蒂(Dante Gabriel Rossetti,1828~1882)的画。前一位是浪漫诗人的先驱,号称神秘派。自幼儿想象多,都表现在诗与画里。他的图案非常宏伟;色彩也如火焰,如一飞冲天的翅膀。所画的人体并不切实,只用作表现姿态,表现动的符号而已。后一位是先拉斐尔派的主角;这一派是诗与画双管齐下的。他们不相信"为艺术的艺术",而以知识为重。画要叙事,要教训,要接触民众的心,让他们相信美的新观念;画笔要细腻,颜色却不必调和。罗氏作品有着清明的调子,强厚的感情;只是理想虽高,气韵却不够生动似的。

当代英国名雕塑家爱勃斯坦(Jacob Epstein)也有几件东西陈列在这里。他是新派的浪漫雕塑家。这派人要在形体的部分中去找新的情感力量;那必是不寻常的部分,足以扩展他们自己情感或感觉的经验的。他们以为这是美,夸张的表现出来;可是俗人却觉得人不像人,物不像物,觉得丑,只认为滑稽画一类。爱氏雕石头,但是塑泥似乎更多:塑泥的表面,决不刮光,就让那么凸凸凹凹的堆着,要的是这股劲儿。塑完了再倒铜。——他也卖素描,形体色调也是那股浪漫劲儿。

以上只有不列颠博物院的历史可以追塑到十八世纪;别的都是十九世纪建立的,但欧战院除外。这些院的建立,固然靠国家的力量,却也靠私人的捐助——捐钱盖房子或捐自己的收藏的都有。各院或全不要门票,像不列颠博物院就是的;或一礼拜中两天要门票,票价也极低。他们印的图片及专册,廉价出售,数量惊人。又差不多都有定期的讲演,一面讲一面领着看;虽然讲的未必怎样精,听讲的也未必怎样多。这种种全为了教育民众,用意是值得我们佩服的。

公　园

　　英国是个尊重自由的国家，从伦敦海德公园(Hyde Park)可以看出。学政治的人一定知道这个名字；近年日报的海外电讯里也偶然有这个公园出现。每逢星期日下午，各党各派的人都到这儿来宣传他们的道理。公说公有理，婆说婆有理，井水不犯河水。从耶稣教到共产党，差不多样样有。每一处说话的总是一个人。他站在桌子上，椅子上，或是别的什么上，反正在听众当中露出那张嘴脸就成；这些桌椅等等可得他们自己预备，公园里的长椅子是只让人歇着的。听的人或多或少。有一回一个讲耶稣教的，没一个人听，却还打起精神在讲；他盼望来来去去的游人里也许有一两个三四个五六个……爱听他的，只要有人驻一下脚，他的口舌就算不白费了。

　　见过一回共产党示威，演说的东也是，西也是；有的站在大车上，颇有点巍巍然。按说那种马拉的大车平常不让进园，这回大约办了个特许。其中有个女的约莫四十上下，嗓子最大，说的也最长；说的是伦敦土话，凡是开口音，总将嘴张到不能再大的地步，一面用胳膊助势。说到后来，嗓子沙了，还是一字不苟的喊下去。天快黑了，他们整队出园喊着口号，标语旗帜也是五光十色的。队伍两旁，又高又大的马巡缓缓跟着，不说话。出的是北门，外面便是热闹的牛津街。

　　北门这里一片空旷的沙地，最宜于露天演说家，来的最多。也许就在共产党队伍走后吧，这里有人说到中日的事；那时刚过"一二八"不久，他颇为我们抱不平。他又赞美甘地；却与贾波林相提并论，说贾波林也是为平民打抱不平的。这一比将听众引得笑起来了；不止一个人和他辩论，一位老太太甚至嘀咕着掉头而去。这个演说的即使不是共产党，大约也不是"高等"英人吧。公园里也闹过一回大事：一八六六年国会改革的暴动(劳工争选举权)，周围铁栏干毁了半里多路长，警察受伤了二百五十名。

　　公园周围满是铁栏干，车门九个，游人出入的门无数，占地二千二百多亩，绕园九里，是伦敦公园中最大的，来的人也最多。园南北都是闹市，园中心却静静的。灌木丛里各色各样野鸟，清脆的繁碎的语声，夏天绿草地上，洁白的绵羊的身影，教人像下了乡，忘记在世界大城里。那草地一片迷蒙的绿，一片芊绵的绿，像水，像烟，像梦；难得的，冬天也这样。西南角上蜿蜒着一条蛇水，算来也占地三百亩，养着好些水鸟，如苍鹭之类。可以摇船，游泳；并有救生会，让下水的人放心大胆。这条水便是雪莱的情人西河女士(Harriet Westbrook)自沉的地方，那是一百二十年前的事了。

　　南门内有拜伦立像，是五十年前希腊政府捐款造的；又有座古英雄阿契来斯像，是惠灵顿公爵本乡人造了来纪念他的，用的是十二尊法国炮的铜，到如今却有一百多年了。还有英国现负盛名的雕塑家爱勃司坦(Epstein)的壁雕，是纪念自然学家赫德生的。一个似乎要飞的人，张着臂，仰着头，散着发，有原始的扑拙犷悍之气，表现的是自然精神的化身；左右四只鸟在飞。大小旁正都不相同，也有股野劲儿。这件雕刻的价值，引起过许多讨论。南门内到蛇水边一带游人最盛。夏季每天上午有铜乐队演奏；在栏外听算白饶,进栏得花点票钱,但有椅子坐。游人自然步行的多,也有跑车的,骑马的;骑马的另有一条"马"路。

这园子本来是鹿苑,在里面行猎;一六三五年英王查理斯第一才将它开放,作赛马和竞走之用。后来变成决斗场。一八五一年第一次万国博览会开在这里,用玻璃和铁搭盖的会场;闭会后拆了盖在别处,专作展览的处所,便是那有名的水晶宫了。蛇水本没有,只有六个池子;是十八世纪初叶才打通的。

海德公园东南差不多毗连着的,是圣詹姆士公园(St. James's Park),约有五百六七十亩。本是沮洳的草地,英王亨利第八抽了水,砌了围墙,改成鹿苑。查理斯第二扩充园址,铺了路,改为游玩的地方;以后一百年里,便成了伦敦最时髦的散步场。十九世纪初才改造为现在的公园样子。有湖,有悬桥;湖里鹅鹕最多,倚在桥栏上看它们水里玩儿,可以消遣日子。周围是白金罕宫,西寺,国会,各部官署,都是最忙碌的所在;倚在桥栏上的人却能偷闲赏鉴那西寺和国会的戈昔式尖顶的轮廓,也算福气了。

海德公园东北有摄政公园,原也是鹿苑;十九世纪初"摄政王"(后为英王乔治第四)才修成现在样子。也有湖,摇的船最好;坐位下有小轮子,可以进退自如,滚来滚去顶好玩儿的。野鸽子野鸟很多,松鼠也不少。松鼠原是动物园那边放过来的,只几对罢了;现在却繁殖起来了。常见些老头儿带着食物到园里来喂麻雀,鸽子,松鼠。这些小东西和人混熟了,大大方方到人手里来吃食;看去怪亲热的。别的公园里也有这种人。这似乎比提鸟笼有意思些。

动物园在摄政园东北犄角上,属于动物学会,也有了百多年的历史。搜集最完备,有动物四千,其中哺乳类八百,鸟类二千四百。去逛的据说每年超过二百万人。不用问孩子们去的一定不少；他们对于动物比成人亲近得多，关切得多。只看见教科书上或字典上的彩色动物图，就够捉摸的，不用提实在的东西了。就是成人，可不也愿意开开眼，看看没看过的，山里来的，海里来的，异域来的，珍禽，奇兽，怪鱼？要没有动物园，或许一辈子和这些东西都见不着面呢。再说像狮子老虎，哪能随便见面！除非打猎或看马戏班。但打猎遇着这些，正是拼死活的时候，哪里来得及玩味它们的生活状态？马戏班里的呢，也只表演些扭捏的玩艺儿，时候又短，又隔得老远的；哪有动物园里的自然，得看？这还只说的好奇的人；艺术家更可仔细观察研究，成功新创作，如画和雕塑，十九世纪以来，用动物为题材的便不少。近些年电影里的动物趣味，想来也是这么培养出来的；不过那却非动物园所可限了。

伦敦人对动物园的趣味很大，有的报馆专派有动物园的访员，给园中动物作起居注，并报告新来到的东西；他们的通信有些地方就像童话一样。去动物园的人最乐意看喂食的时候，也便是动物和人最亲近的时候。喂食有时得用外交手腕，譬如鱼池吧，若随手将食撒下去，让大家来抢，游得快的，厉害的，不用说占了便宜，剩下的便该活活饿死了。这当然不公道，那一视同仁的管理人一定不愿意的。他得想法子，比方说，分批来喂，那些快的，厉害的，吃完了，便用网将它们拦在一边，再照料别的。各种动物喂食都有一定钟点，著名的裴叟克《伦敦指南》便有一节专记这个。孩子们最乐意的还有骑象，骑骆驼（骆驼在伦敦也算异域珍奇）。再有，游客若能和管理各动物的工人攀谈攀谈，他们会亲切地讲这个那个动物的故事给你听，像传记的片段一般；那时你再去看他说的那些东西，便更有意思了。

园里最好玩儿的事，黑猩猩茶会，白熊洗澡。茶会夏天每日下午五点半举行，有茶，有牛油面包。它们会用两只前足，学人的样子。有时"生手"加入，却往往只用一只前足，牛油也是它来，面包也是它来；这种虽是天然，看的人倒好笑了。白熊就是北极熊，从冰天雪地里来，却最喜欢夏天；越热越高兴，赤日炎炎的中午，它们能整个儿躺在太阳里。也爱下水洗澡，身上老是雪白。它们待在熊台上，有深沟为界；台旁有池，洗澡便在池里。池的一边，隔着一层玻璃可以看它们载浮载沉的姿势。但是一冷到华氏表五十度下，就不肯下水，身上的白雪也便慢慢让尘土封上了。

非洲南部的企鹅也是人们特别乐意看的。它有一岁半婴孩这么大，不会飞，会下水，黑翅膀，灰色胸脯子挺得高高的，昂首缓步，旁若无人。它的特别处就在乎直立着。比鹅大不多少，比鸵鸟，鹤，小得多，可是一直立就有人气，便当另眼相看了。自然，别的鸟也有直立着的，可是太小了，说不上。企鹅又拙得好，现代装饰图案有用它的。只是不耐冷，一到冬天，便没精打采的了。

鱼房鸟房也特别值得看。鱼房分淡水房海水房热带房(也是淡水)。屋内黑洞洞的，壁上嵌着一排镜框似的玻璃，横长方。每框里一种鱼，在水里游来游去，都用电灯光照着，像画。鸟房有两处，热带房里颜色声音最丰富，最新鲜；有种上截脆蓝下截褐红的小鸟，不住地飞上飞下，不住地咭咭呱呱，怪可怜见的。

这个动物园各部分空气光线都不错，又有冷室温室，给动物很周到的设计。只是才二百亩地，实在旋展不开，小东西还罢了，像狮子老虎老是关在屋里，未免委屈英雄，就是白熊等物虽有特备的台子，还是局踏得很；这与鸟笼子也就差得有限了。固然，让这些动物完全自由，那就无所谓动物园；可是若能给它们较大的自由，让它们活得比较自然些，看的人岂不更得看些。所以一九二七年上，动物学会又在伦敦西北惠勃司奈得(Whipsnade, Bedfordshire)地方成立了一所动物园，有三千多亩；据说，那些庞然大物自如多了,游人看起来也痛快多了。

以上几个园子都在市内,都在泰晤士河北。河南偏西有个大大有名的邱园(Kew Gardens)。却在市外了。邱园正名"王家植物园",世界最重要,最美丽的植物园之一;大一千七百五十亩,栽培的植物在二万四千种以上。这园子现在归农部所管,原也是王室的产业,一八四一年捐给国家;从此起手研究经济植物学和园艺学,便渐渐著名了。他们编印大英帝国植物志。又移种有用的新植物于帝国境内——如西印度群岛的波罗蜜,印度的金鸡纳霜,都是他们介绍进去的。园中博物院四所;第二所经济植物学博物院设于一八四八,是欧洲最早的一个。

但是外行人只能赏识花木风景而已。水仙花最多,四月尾有所谓"水仙花礼拜日",游人盛极。温室里奇异的花也不少。园里有什么好花正开着,门口通告牌上逐日都列着表。暖气室最大,分三部:喜马拉耶室养着石楠和山茶,中国石楠也有,小些;中部正面安排着些大凤尾树和棕榈树;凤尾树真大,得仰起脖子看,伸开两胳膊还不够它宽的。周围绕着些时花与灌木之类。另一部是墨西哥室,似乎没有什么特别的东西。

东南角上一座塔,可不能上;十层,一百五十五尺,造于十八世纪中,那正是中国文化流行欧洲的时候,也许是中国的影响吧。据说还有座小小的孔子庙,但找了半天,没找着。不远儿倒有座彩绘的日本牌坊,所谓"敕使门"的,那却造了不过二十年。从塔下到一个人工的湖有一条柏树甬道,也有森森之意;可惜树太细瘦,比起我们中山公园,真是小巫见大巫了。所谓"竹园"更可怜,又不多,又不大,也不秀,还赶不上西山大悲庵那些。

加尔东尼市场

在北平住下来的人，总知道逛庙会逛小市的趣味。你来回踱着，这儿看看，那儿站站；有中意的东西，磋磨磋磨价钱，买点儿回去让人一看，说真好；再提价钱，说那有这么巧的。你这一乐，可没白辛苦一趟！要什么都没买成，那也不碍；就凭看中的一两件三四件东西，也够你讲讲说说的。再说在市上留连一会子，到底过了"蘑菇"的瘾，还有什么抱怨的？

伦敦人纷纷上加尔东尼市场(Caldonian Market)，也正是这股劲儿。房东太太客厅里炉台儿上放着一个手榴弹壳，是盛烟灰用的。比甜瓜小一点，面上擦得精亮，方方的小块儿，界着又粗又深的黑道儿，就是蛮得好，傻得好。房东太太说还是她家先生在世时逛加尔东尼市场买回来的。她说这个市场卖旧货，可以还价，花样不少，有些是偷来的，倒也有好东西；去的人可真多。市场只在星期二星期五上午十时至下午四时开放，有些像庙会；市场外另有几家旧书旧货铺子，却似乎常做买卖，又有些像小市。

先到外头一家旧书铺。没窗没门。仰面灰蓬蓬的，土地，刚下完雨，门口还积着个小小水潭儿。从乱书堆中间进去，一看倒也分门别类的。"文学"在里间，空气变了味，扑鼻子一阵阵的——到如今三年了，不忘记，可也叫不出什么味。《圣经》最多，整整一箱子。不相干的小说左一堆右一堆;却也挑出了一本莎翁全集,几本正正经经诗选。莎翁全集当然是普通本子,可是只花了九便士,才合五六毛钱。铺子里还卖旧话匣片子,不住地开着让人听,三五个男女伙计穿梭似地张罗着。别几家铺子没进去,外边瞧了瞧,也一团灰土气。

市场门口有小牌子写着开放日期,又有一块写着"谨防扒手"——伦敦别处倒没见过这玩意儿。地面大小和北平东安市场差不多,一半带屋顶,一半露天;干净整齐,却远不如东安市场。满是摊儿,屋里没有地摊儿,露天里有。

摆摊儿的,男女老少,色色俱全;还有缠着头的印度人。卖的是日用什物,布匹,小摆设;花样也不怎样多,多一半古旧过了头。有几件日本瓷器,中国货色却不见。也有卖吃的,卖杂耍的。蹀了半天,看见一个铜狮子镇纸,够重的,狮子颇有点威武;要价三先令(二元余),还了一先令,没买成。快散了,却瞥见地下大大的厚厚的一本册子,拿起来翻着,原来是书纸店里私家贺年片的样本。这些旧贺年片虽是废物,却印得很好看,又各不相同;问价钱才四便士,合两毛多,便马上买了。出门时又买了个擦皮鞋的绒卷儿,也贱——到现在还用着。这时正愁大册子夹着不便,抬头却见面前立着个卖硬纸口袋的,大小都有,买了东西的人,大概全得买上那么一只;这当口门外沿路一直到大街上,挨挨擦擦的,差不离尽是提纸口袋的。——我口袋里那册贺年片样本,回国来让太太小姐孩子们瞧,都爱不释手;让她们猜价儿,至少说四元钱。我忍不住要想,逛那么一趟加尔东尼,也算值得了。

圣 诞 节

十二月二十五日圣诞节。英国人过圣诞节,好像我们旧历年的味儿。习俗上宗教上,这一日简直就是"元旦";据说七世纪时便已如此,十四世纪至十八世纪中叶,虽然将"元旦"改到三月二十五日,但是以后情形又照旧了。至于一月一日,不过名义上的岁首,他们向来是不大看重的。

这年头人们行乐的机会越过越多,不在乎等到逢年过节;所以年情节景一回回地淡下去,像从前那样热狂地期待着,热狂地受用着的事情,怕只在老年人的回忆,小孩子的想象中存在着罢了。大都市里特别是这样;在上海就看得出,不用说更繁华的伦敦了。再说这种不景气的日子,谁还有心肠认真找乐儿?所以虽然圣诞节,大家也只点缀点缀,应个景儿罢了。

可是邮差却忙坏了,成千成万的贺片经过他们的手。贺片之外还有月份牌。这种月份牌一点儿大,装在卡片上,也有画,也有吉语。花样也不少,却比贺片差远了。贺片分两种,一种填上姓名,一种印上姓名。交游广的用后一种,自然贵些;据说前些年也得勾心斗角地出花样,这一年却多半简简单单的,为的好省些钱。前一种却不同,各家书纸店得抢买主,所以花色比以先还多些。不过据说也没有十二分新鲜出奇的样子,这个究竟只是应景的玩意儿呀。但是在一个外国人眼里,五光十色,也就够瞧的。曾经到旧城一家大书纸店里看过,样本厚厚的四大册,足有三千种之多。

样本开头是皇家贺片:英王的是圣保罗堂图;王后的内外两幅画,其一是花园图;威尔士亲王的是候人图;约克公爵夫妇的是一六六〇年圣詹姆士公园冰戏图;马利公主的是行猎图。圣保罗堂庄严宏大,下临伦敦城;园里的花透着上帝的微笑;候人比喻好运气和欢乐在人生的大道上等着你;圣詹姆士公园(在圣詹姆士宫南)代表宫廷,溜冰和行猎代表英国人运动的嗜好。那幅溜冰图古色古香,而且十足神气。这些贺片原样很大,也有小号的,谁都可以买来填上自己名字寄给人。此外有全金色的,晶莹照眼;有"蝴蝶翅"的,闪闪的宝蓝光;有雕空嵌花纱的,玲珑剔透,如嚼冰雪。又有羊皮纸仿四折本的;嵌铜片小风车的;嵌彩玻璃片圣母像的;嵌剪纸的鸟的;在猫头鹰头上粘羊毛的:都为的教人有实体感。

太太们也忙得可以的,张罗着亲戚朋友丈夫孩子的礼物,张罗着装饰屋子,圣诞树,火鸡等等。节前一个礼拜,每天电灯初亮时上牛津街一带去看,步道上挨肩擦背匆匆来往的满是办年货的;不用说是太太们多。装饰屋子有两件东西不可没有,便是冬青和"苹果寄生"(mistletoe)的枝子。前者教堂里也用;后者却只用在人家里;大都插在高处。冬青取其青,有时还带着小红果儿;用以装饰圣诞节,由来已久,有人疑心是基督教徒从罗马风俗里捡来的。"苹果寄生"带着白色小浆果儿,却是英国土俗,至晚十七世纪初就用它了。从前在它底下,少年男人可以和任何女子接吻;但接吻后他得摘掉一粒果子。果子摘完了,就不准再在下面接吻了。

圣诞树也有种种装饰,树上挂着给孩子们的礼物,装饰的繁简大约看人家酌情形。我在朋友的房东太太家看见的只是小小一株;据说从乌尔乌斯三六公司(货价只有三便士六便士两码)买来,才六便士,合四五毛钱。可是放在餐桌上,青青的,的里瓜拉挂着些耀眼的玻璃球儿,绕着树更安排些"哀斯基摩人"一类小玩意,也热热闹闹地凑趣儿。圣诞树的风俗是从德国来的;德国也许是从斯堪第那维亚传下来的。斯堪第那维亚神话里有所谓世界树,叫做"乙格抓西儿"(Yggdrasil),用根和枝子联系着天地幽冥三界。这是株枯树,可是滴着蜜。根下是诸德之泉;树中间坐着一只鹰,一只松鼠,四只公鹿;根旁一条毒蛇,老是啃着根。松鼠上下窜,在顶上的鹰与聪敏的毒蛇之间挑拨是非。树震动不得,震动了,地底下的妖魔便会起来捣乱。想着这段神话,现在的圣诞树真是更显得温暖可亲了。圣诞树和那些冬青,"苹果寄生",到了来年六日一齐烧去;烧的时候,在场的都动手,为的是分点儿福气。

圣诞节的晚上,在朋友的房东太太家里。照例该吃火鸡,酸梅布丁;那位房东太太手头颇窘,却还卖了几件旧家具,买了一只二十二磅重的大火鸡来过节。可惜女仆不小心,烤枯了一点儿;老太太自个儿唠叨了几句,大节下,也就算了。可是火鸡味道也并不怎样特别似的。吃饭时候,大家一面扔纸球,一面扯花炮——两个人扯,有时只响一下,有时还夹着小纸片儿,多半是带着"爱"字儿的吉语。饭后做游戏,有音乐椅子(椅子数目比人少一个;乐声止时,众人抢着坐),掩目吹蜡烛,抓瞎,抢人(分队),抢气球等等,大家居然一团孩子气。最后还有跳舞。这一晚过去,第二天差不多什么都照旧了。

新年大家若无其事地过去;有些旧人家愿意上午第一个进门的是个头发深,气色黑些的人,说这样人带进新年是吉利的。朋友的房东太太那早晨特意通电话请一家熟买卖的掌柜上她家去;

他正是这样的人。新年也卖历本；人家常用的是老摩尔历本(Old Moore's Almanack)，书纸店里买，价钱贱，只两便士。这一年的，面上印着"乔治王陛下登极第二十三年"；有一块小图，画着日月星地球，地球外一个圈儿，画着黄道十二宫的像，如"白羊"、"金牛"、"双子"等。古来星座的名字，取像于人物，也另有风味。历本前有一整幅观像图，题道，"将来怎样？""老摩尔告诉你"。从图中看，老摩尔创于一千七百年，到现在已经二百多年了。每月一面，上栏可以说是"推背图"，但没有神秘气；下栏分日数，星期，大事记，日出没时间，月出没时间，伦敦潮汛，时事预测各项。此外还有月盈缺表，各港潮汛表，行星运行表，三岛集期表，邮政章程，大路规则，做点心法，养家禽法，家事常识。广告也不少，卖丸药的最多，满是给太太们预备的；因为这种历本原是给太太们预备的。

论雅俗共赏

陶渊明有"奇文共欣赏，疑义相与析"的诗句，那是一些"素心人"的乐事，"素心人"当然是雅人，也就是士大夫。这两句诗后来凝结成"赏奇析疑"一个成语，"赏奇析疑"是一种雅事，俗人的小市民和农家子弟是没有份儿的。然而又出现了"雅俗共赏"这一个成语，"共赏"显然是"共欣赏"的简化，可是这是雅人和俗人或俗人跟雅人一同在欣赏，那欣赏的大概不会还是"奇文"罢。这句成语不知道起于什么时代，从语气看来，似乎雅人多少得理会到甚至迁就着俗人的样子，这大概是在宋朝或者更后罢。

原来唐朝的安史之乱可以说是我们社会变迁的一条分水岭。在这之后，门第迅速的垮了台，社会的等级不像先前那样固定了，"士"和"民"这两个等级的分界不像先前的严格和清楚了，彼此的分子在流通着，上下着。而上去的比下来的多，士人流落民间的究竟少，老百姓加入士流的却渐渐多起来。王侯将相早就没有种了，读书人到了这时候也没有种了；只要家里能够勉强供给一些，自己有些天分，又肯用功，就是个"读书种子"；去参加那些公开的考试，考中了就有官做，至少也落个绅士。这种进展经过唐末跟五代的长期的变乱加了速度，到宋朝又加上印刷术的发达，学校多起来了，士人也多起来了，士人的地位加强，责任也加重了。这些士人多数是来自民间的新的分子，他们多少保留着民间的生活方式和生活态度。他们一面学习和享受那些雅的,一面却还不能摆脱或蜕变那些俗的。人既然很多,大家是这样,也就不觉其寒尘;不但不觉其寒尘,还要重新估定价值,至少也得调整那旧来的标准与尺度。"雅俗共赏"似乎就是新提出的尺度或标准,这里并非打倒旧标准,只是要求那些雅士理会到或迁就些俗士的趣味,好让大家打成一片。当然,所谓"提出"和"要求",都只是不自觉的看来是自然而然的趋势。

中唐的时期,比安史之乱还早些,禅宗的和尚就开始用口语记录大师的说教。用口语为的是求真与化俗,化俗就是争取群众。安史乱后,和尚的口语记录更其流行,于是乎有了"语录"这个名称,"语录"就成为一种著述体了。到了宋朝,道学家讲学,更广泛的留下了许多语录;他们用语录,也还是为了求真与化俗,还是为了争取群众。所谓求真的"真",一面是如实和直接的意思。禅家认为第一义是不可说的。语言文字都不能表达那无限的可能,所以是虚妄的。然而实际上语言文字究竟是不免要用的一种"方便",记录文字自然越近实际的、直接的说话越好。在另一面这"真"又是自然的意思,自然才亲切,才让人容易懂,也就是更能收到化俗的功效,更能获得广大的群众。道学主要的是中国的正统的思想,道学家用了语录做工具,大大的增强了这种新的文体的地位,语录就成为一种传统了。比语录体稍稍晚些,还出现了一种宋朝叫做"笔记"的东西。这种作品记述有趣味的杂事,范围很宽,一方面发表作者自己的意见,所谓议论,也就是批评,这些批评往往也很有趣味。作者写这种书,只当做对客闲谈,并非一本正经,虽然以文言为主,可是很接近说话。这也是给大家看的,看了可以当做"谈助",增加趣味。宋朝的笔记最发达,当时盛行,流传下来的也很多。目录家将这种笔记归在"小说"项下,近代书店汇印这些笔记,更直题为"笔记小说";中国古代所谓"小说",原是指记述杂事的趣味作品而言的。

那里我们得特别提到唐朝的"传奇"。"传奇"据说可以见出作者的"史才、诗笔、议论",是唐朝士子在投考进士以前用来送给一些大人先生看,介绍自己,求他们给自己宣传的。其中不外乎灵怪、艳情、剑侠三类故事,显然是以供给"谈助",引起趣味为主。无论照传统的意念,或现代的意念,这些"传奇"无疑的是小说,一方面也和笔记的写作态度有相类之处。照陈寅恪先生的意见,这种"传奇"大概起于民间,文士是仿作,文字里多口语化的地方。陈先生并且说唐朝的古文运动就是从这儿开始。他指出古文运动的领导者韩愈的《毛颖传》,正是仿"传奇"而作。我们看韩愈的"气盛言宜"的理论和他的参差错落的文句,也正是多多少少在口语化。他的门下的"好难"、"好易"两派,似乎原来也都是在试验如何口语化。可是"好难"的一派过分强调了自己,过分想出奇制胜,不管一般人能够了解欣赏与否,终于被人看做"诡"和"怪"而失败,于是宋朝的欧阳修继承了"好易"的一派的努力而奠定了古文的基础。——以上说的种种,都是安史乱后几百年间自然的趋势,就是那雅俗共赏的趋势。

宋朝不但古文走上了"雅俗共赏"的路,诗也走向这条路。胡适之先生说宋诗的好处就在"做诗如说话",一语破的指出了这条路。自然,这条路上还有许多曲折,但是就像不好懂的黄山谷,他也提出了"以俗为雅"的主张,并且点化了许多俗语成为诗句。实践上"以俗为雅",并不从他开始,梅圣俞、苏东坡都是好手,而苏东坡更胜。据记载梅和苏都说过"以俗为雅"这句话,可是不大靠得住;黄山谷却在《再次杨明叔韵》一诗的"引"里郑重的提出"以俗为雅,以故为新",说是"举一纲而张万目"。他将"以俗为雅"放在第一，因为这实在可以说是宋诗的一般作风，也正是"雅俗共赏"的路。但是加上"以故为新"，路就曲折起来，那是雅人自赏，黄山谷所以终于不好懂了。不过黄山谷虽然不好懂，宋诗却终于回到了"做诗如说话"的路，这"如说话"，的确是条大路。

雅化的诗还不得不回向俗化，刚刚来自民间的词，在当时不用说自然是"雅俗共赏"的。别瞧黄山谷的有些诗不好懂，他的一些小词可够俗的。柳耆卿更是个通俗的词人。词后来虽然渐渐雅化或文人化，可是始终不能雅到诗的地位，它怎么着也只是"诗馀"。词变为曲，不是在文人手里变，是在民间变的；曲又变得比词俗，虽然也经过雅化或文人化，可是还雅不到词的地位，它只是"词馀"。一方面从晚唐和尚的俗讲演变出来的宋朝的"说话"就是说书，乃至后来的平话以及章回小说，还有宋朝的杂剧和诸宫调等等转变成功的元朝的杂剧和戏文，乃至后来的传奇，以及皮簧戏，更多半是些"不登大雅"的"俗文学"。这些除元杂剧和后来的传奇也算是"词馀"以外，在过去的文学传统里简直没有地位；也就是说这些小说和戏剧在过去的文学传统里多半没有地位，有些有点地位，也不是正经地位。可是虽然俗，大体上却"俗不伤雅"，虽然没有什么地位，却总是"雅俗共赏"的玩艺儿。

"雅俗共赏"是以雅为主的，从宋人的"以俗为雅"以及常语的"俗不伤雅"，更可见出这种宾主之分。起初成群俗士蜂拥而上，固然逼得原来的雅士不得不理会到甚至迁就着他们的趣味，可是这些俗士需要摆脱的更多。他们在学习，在享受，也在蜕变，这样渐渐适应那雅化的传统，于是乎新旧打成一片，传统多多少少变了质继续下去。前面说过的文体和诗风的种种改变，就是新旧双方调整的过程，结果迁就的渐渐不觉其为迁就，学习的也渐渐习惯成了自然，传统的确稍稍变了质，但是还是文言或雅言为主，就算跟民众近了一些,近得也不太多。

　　至于词曲,算是新起于俗间,实在以音乐为重,文辞原是无关轻重的;"雅俗共赏",正是那音乐的作用。后来雅士们也曾分别将那些文辞雅化,但是因为音乐性太重,使他们不能完成那种雅化,所以词曲终于不能达到诗的地位。而曲一直配合着音乐,雅化更难,地位也就更低,还低于词一等。可是词曲到了雅化的时期,那"共赏"的人却就雅多而俗少了。真正"雅俗共赏"的是唐、五代、北宋的词,元朝的散曲和杂剧,还有平话和章回小说以及皮簧戏等。皮簧戏也是音乐为主,大家直到现在都还在哼着那些粗俗的戏词,所以雅化难以下手,虽然一二十年来这雅化也已经试着在开始。平话和章回小说,传统里本来没有,雅化没有合式的榜样,进行就不易。《三国演义》虽然用了文言,却是俗化的文言,接近口语的文言,后来的《水浒》、《西游记》、《红楼梦》等就都用白话了。不能完全雅化的作品在雅化的传统里不能有地位,至少不能有正经的地位。雅化程度的深浅,决定这种地位的高低或有没有,一方面也决定"雅俗共赏"的范围的小和大——雅化越深,"共赏"的人越少,越浅也就越多。所谓多少,主要的是俗人,是小市民和受教育的农家子弟。在传统里没有地位或只有低地位的作品,只算是玩艺儿;然而这些才接近民众,接近民众却还能教"雅俗共赏",雅和俗究竟有共通的地方,不是不相理会的两橛了。

　　单就玩艺儿而论,"雅俗共赏"虽然是以雅化的标准为主,"共赏"者却以俗人为主。固然,这在雅方得降低一些,在俗方也得提高一些,要"俗不伤雅"才成;雅方看来太俗,以至于"俗不可耐"的,是不能"共赏"的。但是在什么条件之下才会让俗人所"赏"的,雅人也能来"共赏"呢?我们想起了"有目共赏"这句话。孟子说过"不知子都之姣者,无目者也","有目"是反过来说,"共赏"还是陶诗"共欣赏"的意思。子都的美貌,有眼睛的都容易辨别,自然也就能"共赏"了。孟子接着说:"口之于味也,有同嗜焉;耳之于声也,有同听焉;目之于色也,有同美焉。"这说的是人之常情,也就是所谓人情不相远。但是这不相远似乎只限于一些具体的、常识的、现实的事物和趣味。譬如北平罢,故宫和颐和园,包括建筑,风景和陈列的工艺品,似乎是"雅俗共赏"的,天桥在雅人的眼中似乎就有些太俗了。说到文章,俗人所能"赏"的也只是常识的,现实的。后汉的王充出身是俗人,他多多少少代表俗人说话,反对难懂而不切实用的辞赋,却赞美公文能手。公文这东西关系雅俗的现实利益,始终是不曾完全雅化了的。再说后来的小说和戏剧,有的雅人说《西厢记》诲淫,《水浒传》诲盗,这是"高论"。实际上这一部戏剧和这一部小说都是"雅俗共赏"的作品。《西厢记》无视了传统的礼教,《水浒传》无视了传统的忠德,然而"男女"是"人之大欲"之一,"官逼民反",也是人之常情,梁山泊的英雄正是被压迫的人民所想望的。俗人固然同情这些,一部分的雅人,跟俗人相距还不太远的,也未尝不高兴这两部书说出了他们想说而不敢说的。这可以说是一种快感,一种趣味,可并不是低级趣味;这是有关系的,也未尝不是有节制的。"诲淫"、"诲盗"只是代表统治者的利益的说话。

十九世纪二十世纪之交是个新时代,新时代给我们带来了新文化,产生了我们的知识阶级。这知识阶级跟从前的读书人不大一样,包括了更多的从民间来的分子,他们渐渐跟统治者拆伙而走向民间。于是乎有了白话正宗的新文学,词曲和小说戏剧都有了正经的地位。还有种种欧化的新艺术。这种文学和艺术却并不能让小市民来"共赏",不用说农工大众。于是乎有人指出这是新绅士也就是新雅人的欧化,不管一般人能够了解欣赏与否。他们提倡"大众语"运动。但是时机还没有成熟,结果不显著。抗战以来又有"通俗化"运动,这个运动并已经在开始转向大众化。"通俗化"还分别雅俗,还是"雅俗共赏"的路,大众化却更进一步要达到那没有雅俗之分,只有"共赏"的局面。这大概也会是所谓由量变到质变罢。

论百读不厌

前些日子参加了一个讨论会,讨论赵树理先生的《李有才板话》。座中一位青年提出了一件事实:他读了这本书觉得好,可是不想重读一遍。大家费了一些时候讨论这件事实。有人表示意见,说不想重读一遍,未必减少这本书的好,未必减少它的价值。但是时间匆促,大家没有达到明确的结论。一方面似乎大家也都没有重读过这本书,并且似乎从没有想到重读它。然而问题不但关于这一本书,而是关于一切文艺作品。为什么一些作品有人"百读不厌",另一些却有人不想读第二遍呢?是作品的不同吗?是读的人不同吗?如果是作品不同,"百读不厌"是不是作品评价的一个标准呢?这些都值得我们思索一番。

苏东坡有《送章惇秀才失解西归》诗,开头两句是:

旧书不厌百回读,

熟读深思子自知。

"百读不厌"这个成语就出在这里。"旧书"指的是经典,所以要"熟读深思"。《三国志·魏志·王肃传·注》:

人有从(董遇)学者,遇不肯教,而云"必当先读百遍",言"读书百遍而意自见"。

经典文字简短,意思深长,要多读,熟读,仔细玩味,才能了解和体会。所谓"意自见","子自知",着重自然而然,这是不能着急的。这诗句原是安慰和勉励那考试失败的章惇秀才的话,劝他回家再去安心读书,说"旧书"不嫌多读,越读越玩味越有意思。固然经典值得"百回读",但是这里着重的还在那读书的人。简化成"百读不厌"这个成语,却就着重在读的书或作品了。这成语常跟另一成语"爱不释手"配合着,在读的时候"爱不释手",读过了以后"百读不厌"。这是一种赞词和评语,传统上确乎是一个评价的标准。当然,"百读"只是"重读""多读""屡读"的意思,并不一定一遍接着一遍的读下去。

经典给人知识,教给人怎样做人,其中有许多语言的、历史的、修养的课题,有许多注解,此外还有许多相关的考证,读上百遍,也未必能够处处贯通,教人多读是有道理的。但是后来所谓"百读不厌",往往不指经典而指一些诗,一些文,以及一些小说;这些作品读起来津津有味,重读,屡读也不腻味,所以说"不厌";"不厌"不但是"不讨厌",并且是"不厌倦"。诗文和小说都是文艺作品,这里面也有一些语言和历史的课题,诗文也有些注解和考证;小说方面呢,却直到近代才有人注意这些课题,于是也有了种种考证。但是过去一般读者只注意诗文的注解,不大留心那些课题,对于小说更其如此。他们集中在本文的吟诵或浏览上。这些人吟诵诗文是为了欣赏,甚至于只为了消遣,浏览或阅读小说更只是为了消遣,他们要求的是趣味,是快感。这跟诵读经典不一样。诵读经典是为了知识,为了教训,得认真,严肃,正襟危坐的读,不像读诗文和小说可以马马虎虎的,随随便便的,在床上,在火车轮船上都成。这么着可还能够教人"百读不厌",那些诗文和小说到底是靠了什么呢?

在笔者看来,诗文主要是靠了声调,小说主要是靠了情节。过去一般读者大概都会吟诵,他们吟诵诗文,从那吟诵的声调或吟诵的音乐得到趣味或快感,意义的关系很少;只要懂得字面儿,全篇的意义弄不清楚也不要紧的。梁启超先生说过李义山的一些诗,虽然不懂得究竟是什么意思,可是读起来还是很有趣味(大意)。这种趣味大概一部分在那些字面儿的影象上,一部分就在那七言律诗的音乐上。字面儿的影象引起人们奇丽的感觉;这种影象所表示的往往是珍奇,华丽的景物,平常人不容易接触到的,所谓"七宝楼台"之类。民间文艺里常常见到的"牙床"等等,也正是这种作用。民间流行的小调以音乐为主,而不注重词句,欣赏也偏重在音乐上,跟吟诵诗文也正相同。感觉的享受似乎是直接的,本能的,即使是字面儿的影象所引起的感觉,也还多少有这种情形,至于小调和吟诵,更显然直接诉诸听觉,难怪容易唤起普遍的趣味和快感。至于意义的欣赏,得靠综合诸感觉的想象力,这个得有长期的教养才成。然而就像教养很深的梁启超先生,有时也还让感觉领着走,足见感觉的力量之大。

小说的"百读不厌",主要的是靠了故事或情节。人们在儿童时代就爱听故事,尤其爱奇怪的故事。成人也还是爱故事,不过那情节得复杂些。这些故事大概总是神仙、武侠、才子、佳人,经过种种悲欢离合,而以大团圆终场。悲欢离合总得不同寻常,那大团圆才足奇。小说本来起于民间,起于农民和小市民之间。在封建社会里,农民和小市民是受着重重压迫的,他们没有多少自由,却有做白日梦的自由。他们寄托他们的希望于超现实的神仙,神仙化的武侠,以及望之若神仙的上层社会的才子佳人;他们希望有朝一日自己会变成了这样的人物。这自然是不能实现的奇迹,可是能够给他们安慰、趣味和快感。他们要大团圆,正因为他们一辈子是难得大团圆的,奇情也正是常情啊。他们同情故事中的人物,"设身处地"的"替古人担忧",这也因为事奇人奇的原故。过去的小说似乎始终没有完全移交到士大夫的手里。士大夫读小说，只是看闲书，就是作小说，也只是游戏文章，总而言之，消遣而已。他们得化装为小市民来欣赏，来写作；在他们看，小说奇于事实，只是一种玩艺儿，所以不能认真、严肃，只是消遣而已。封建社会渐渐垮了，五四时代出现了个人，出现了自我，同时成立了新文学。新文学提高了文学的地位；文学也给人知识，也教给人怎样做人，不是做别人的，而是做自己的人。可是这时候写作新文学和阅读新文学的，只是那变了质的下降的士和那变了质的上升的农民和小市民混合成的知识阶级，别的人是不愿来或不能来参加的。而新文学跟过去的诗文和小说不同之处，就在它是认真的负着使命。早期的反封建也罢，后来的反帝国主义也罢，写实的也罢，浪漫的和感伤的也罢，文学作品总是一本正经的在表现着并且批评着生活。这么着文学扬弃了消遣的气氛，回到了严肃——古代贵族的文学如《诗经》，倒本来是严肃的。这负着严肃的使命的文学，自然不再注重"传奇"，不再注重趣味和快感，读起来也得正襟危坐，跟读经典差不多，不能再那么马马虎虎，随随便便的。但是究竟是形象化的，诉诸情感的，跟经典以冰冷的抽象的理智的教训为主不同，又是现代的白话，没有那些语言的和历史的问题，所以还能够吸引许多读者自动去读。不过教人"百读不厌"甚至教人想去重读一遍的作用，的确是很少了。

新诗或白话诗，和白话文，都脱离了那多多少少带着人工的、音乐的声调，而用着接近说话的声调。喜欢古诗、律诗和骈文、古文的失望了，他们尤其反对这不能吟诵的白话新诗；因为诗出于歌，一直不曾跟音乐完全分家，他们是不愿扬弃这个传统的。然而诗终于转到意义中心的阶段了。古代的音乐是一种说话，所谓"乐语"，后来的音乐独立发展，变成"好听"为主了。现在的诗既负上自觉的使命，它得说出人人心中所欲言而不能言的，自然就不注重音乐而注重意义了。——一方面音乐大概也在渐渐注重意义，回到说话罢?——字面儿的影象还是用得着，不过一般的看起来，影象本身，不论是鲜明的，朦胧的，可以独立的诉诸感觉的，是不够吸引人了;影象如果必需得用，就要配合全诗的各部分完成那中心的意义，说出那要说的话。在这动乱时代，人们着急要说话，因为要说的话实在太多。小说也不注重故事或情节了，它的使命比诗更见分明。它可以不靠描写，只靠对话，说出所要说的。这里面神仙、武侠、才子、佳人，都不大出现了，偶然出现，也得打扮成平常人;是的，这时候的小说的人物，主要的是些平常人了，这是平民世纪啊。至于文，长篇议论文发展了工具性，让人们更如意的也更精密的说出他们的话，但是这已经成为诉诸理性的了。诉诸情感的是那发展在后的小品散文，就是那标榜"生活的艺术"，抒写"身边琐事"的。这倒是回到趣味中心，企图着教人"百读不厌"的，确乎也风行过一时。然而时代太紧张了，不容许人们那么悠闲;大家嫌小品文近乎所谓"软性"，丢下了它去找那"硬性"的东西。

文艺作品的读者变了质了，作品本身也变了质了，意义和使命压下了趣味，认识和行动压下了快感。这也许就是所谓"硬"的解释。"硬性"的作品得一本正经的读，自然就不容易让人"爱不释手"，"百读不厌"。于是"百读不厌"就不成其为评价的标准了，至少不成其为主要的标准了。但是文艺是欣赏的对象，它究竟是形象化的，诉诸情感的，怎么"硬"也不能"硬"到和论文或公式二样。诗虽然不必再讲那带几分机械性的声调，却不能不讲节奏，说话不也有轻重高低快慢吗?节奏合式，才能集中，才能够高度集中。文也有文的节奏，配合着意义使意义集中。小说是不注重故事或情节了，但也总得有些契机来表现生活和批评它;这些契机得费心思去选择和配合,才能够将那要说的话,要传达的意义,完整的说出来,传达出来。集中了的完整了的意义,才见出情感,才让人乐意接受,"欣赏"就是"乐意接受"的意思。能够这样让人欣赏的作品是好的,是否"百读不厌",可以不论。在这种情形之下,笔者同意:《李有才板话》即使没有人想重读一遍,也不减少它的价值,它的好。

但是在我们的现代文艺里,让人"百读不厌"的作品也有的。例如鲁迅先生的《阿Q正传》,茅盾先生的《幻灭》、《动摇》、《追求》三部曲,笔者都读过不止一回,想来读过不止一回的人该不少罢。在笔者本人,大概是《阿Q正传》里的幽默和三部曲里的几个女性吸引住了我。这几个作品的好已经定论,它们的意义和使命大家也都熟悉,这里说的只是它们让笔者"百读不厌"的因素。《阿Q正传》主要的作用不在幽默,那三部曲的主要作用也不在铸造几个女性,但是这些却可能产生让人"百读不厌"的趣味。这种趣味虽然不是必要的,却也可以增加作品的力量。不过这里的幽默决不是油滑的,无聊的,也决不是为幽默而幽默,而女性也决不就是色情,这个界限是得弄清楚的。抗战期中,文艺作品尤其是小说的读众大大的增加了。增加的多半是小市民的读者,他们要求消遣,要求趣味和快感。扩大了的读众,有着这样的要求也是很自然的。长篇小说的流行就是这个要求的反应,因为篇幅长,故事就长,情节就多,趣味也就丰富了。这可以促进长篇小说的发展,倒是很好的。可是有些作者却因为这样的要求,忘记了自己的边界,放纵到色情上,以及粗劣的笑料上,去吸引读众,这只是迎合低级趣味。而读者贪读这一类低级的软性的作品,也只是沉溺,说不上"百读不厌"。"百读不厌"究竟是个赞词或评语,虽然以趣味为主,总要是纯正的趣味才说得上的。

论 老 实 话

美国前国务卿贝尔纳斯退职后写了一本书,题为《老实话》。这本书中国已经有了不止一个译名,或作《美苏外交秘录》,或作《美苏外交内幕》,或作《美苏外交纪实》,"秘录"、"内幕"和"纪实"都是"老实话"的意译。前不久笔者参加一个宴会,大家谈起贝尔纳斯的书,谈起这个书名。一个美国客人笑着说,"贝尔纳斯最不会说老实话!"大家也都一笑。贝尔纳斯的这本书是否说的全是"老实话",暂时不论,他自题为《老实话》,以及中国的种种译名都含着"老实话"的意思,却可见无论中外,大家都在要求着"老实话"。贝尔纳斯自题这样一个书名,想来是表示他在做国务卿办外交的时候有许多话不便"老实说",现在是自由了,无官一身轻了,不妨"老实说"了——原名直译该是《老实说》,还不是《老实话》。但是他现在真能自由的"老实说",真肯那么的"老实说"吗?——那位美国客人的话是有他的理由的。

无论中外,也无论古今,大家都要求"老实话",可见"老实话"是不容易听到见到的。大家在知识上要求真实,他们要知道事实,寻求真理。但是抽象的真理,打破沙缸问到底,有的说可知,有的说不可知,至今纷无定论,具体的事实却似乎或多或少总是可知的。况且照常识上看来,总是先有事后才有理,而在日常生活里所要应付的也都是些事,理就包含在其中,在应付事的时候,

理往往是不自觉的。因此强调就落到了事实上。常听人说"我们要明白事实的真相",既说"事实",又说"真相",叠床架屋,正是强调的表现。说出事实的真相,就是"实话"。买东西叫卖的人说"实价",问口供叫犯人"从实招来",都是要求"实话"。人与人如此,国与国也如此。有些时事评论家常说美苏两强若是能够肯老实说出两国的要求是些什么东西,再来商量,世界的局面也许能够明朗化。可是又有些评论家认为两强的话,特别是苏联方面的,说的已经够老实了,够明朗化了。的确,自从去年维辛斯基在联合国大会上指名提出了"战争贩子"以后,美苏两强的话是越来越老实了,但是明朗化似乎还未见其然。

人们为什么不能不肯说实话呢?归根结底,关键是在利害的冲突上。自己说出实话,让别人知道自己的虚实,容易制自己。就是不然,让人知道底细,也容易比自己抢先一着。在这个分配不公平的世界上,生活好像战争,往往是有你无我;因此各人都得藏着点儿自己,让人莫名其妙。于是乎勾心斗角,捉迷藏,大家在不安中猜疑着。向来有句老话,"知人知面不知心",还有"逢人只说三分话。未可全抛一片心",这种处世的格言正是教人别说实话,少说实话,也正是暗示那利害的冲突。我有人无,我多人少,我强人弱,说实话恐怕人来占我的便宜,强的要越强,多的要越多,有的要越有。我无人有,我少人多,我弱人强,说实话也恐怕人欺我不中用;弱的想变强,少的想变多,无的想变有。人与人如此,国与国又何尝不如此!

说到战争,还有句老实话,"兵不厌诈"!真的交兵"不厌诈",勾心斗角,捉迷藏,耍花样,也正是个"不厌诈"!"不厌诈",就是越诈越好,从不说实话少说实话大大的跨进了一步;于是乎模糊事实,夸张事实,歪曲事实,甚至于捏造事实!于是乎种种谎话,应用尽有,你想我是骗子,我想你是骗子。这种情形,中外古今大同小异,因为分配老是不公平,利害也老在冲突着。这样可也就更要求实话,老实话。老实话自然是有的,人们没有相当限度的互信,社会就不成其为社会了。但是实话总还太少,谎话总还太多,社会的和谐恐怕还远得很罢。不过谎话虽然多,全然出于捏造的却也少,因为不容易使人信。麻烦的是谎话里参实话,实话里参谎话——巧妙可也在这儿。日常的话多多少少是两参的,人们的互信就建立在这种两参的话上,人们的猜疑可也发生在这两参的话上。即如贝尔纳斯自己标榜的"老实话",他的同国的那位客人就怀疑他在用好名字骗人。我们这些常人谁能知道他的话老实或不老实到什么程度呢?

人们在情感上要求真诚,要求真心真意,要求开诚相见或诚恳的态度。他们要听"真话","真心话",心坎儿上的,不是嘴边儿上的话,这也可以说是"老实话"。但是"心口如一"向来是难得的,"口是心非"恐怕大家有时都不免,读了奥尼尔的《奇异的插曲》就可恍然。"口蜜腹剑"却真成了小人。真话不一定关于事实,主要的是态度。可是,如前面引过的,"知人知面不知心",不看什么人就掏出自己的心肝来,人家也许还嫌血腥气呢!所以交浅不能言深,大家一见面儿只谈天气,就是这个道理。所谓"推心置腹",所谓"肺腑之谈",总得是二三知己才成;若是泛泛之交,只能敷敷衍衍,客客气气,说一些不相干的门面话。这可也未必就是假的,虚伪的。他至少眼中有你。有些人一见面冷冰冰的,拉长了面孔,爱理人不理人的,可以算是"真"透了顶,可是那份儿过了火的"真",有几个人受得住!本来彼此既不相知,或不深知,相干的话也无从说起,说了反容易出岔儿,乐得远远儿的,淡淡儿的,慢慢儿的,不过就是彼此深知,像夫妇之间,也未必处处可以说真话。"人心不同,各如其面",一个人总有些不愿意教别人知道的秘密,若是不顾忌着些个,怎样亲爱的也会碰钉子的。真话之难,就在这里。

真话虽然不一定关于事实,但是谎话一定不会是真话。假话却不一定就是谎话,有些甜言蜜语或客气话,说得过火,我们就认为假话,其实说话的人也许倒并不缺少爱慕与尊敬。存心骗人,别有作用,所谓"口蜜腹剑"的,自然当作别论。真话又是认真的话,玩话不能当作真话。将玩话当真话,往往闹别扭,即使在熟人甚至亲人之间。所以幽默感是可贵的。真话未必是好听的话,所谓"苦口良言","药石之言","忠言","直言",往往是逆耳的,一片好心往往倒得罪了人。可是人们又要求"直言",专制时代"直言极谏"是选用人才的一个科目,甚至现在算命看相的,也还在标榜"铁嘴",表示直说,说的是真话,老实话。但是这种"直言""直说"大概是不至于刺耳,至少也不至于太刺耳的。又是"直言",又不太刺耳,岂不两全其美吗!不过刺耳也许还可忍耐,刺心却最难宽恕;直说遭怨,直言遭忌,就为刺了别人的心——小之被人骂为"臭嘴",大之可以杀身。所以不折不扣的"直言极谏"之臣,到底是寥寥可数的。直言刺耳,进而刺心,简直等于相骂,自然会叫人生气,甚至于翻脸。反过来,生了气或翻了脸,骂起人来,冲口而出,自然也多直言,真话,老实话。

人与人是如此,国与国在这里却不一样。国与国虽然也讲友谊,和人与人的友谊却不相当,亲谊更简直是没有。这中间没有爱,说不上"真心",也说不上"真话""真心话"。倒是不缺少客气话,所谓外交辞令;那只是礼尚往来,彼此表示尊敬而已。还有,就是条约的语言,以利害为主,有些是互惠,更多是偏惠,自然是弱小吃亏。这种条约倒是"实话",所以有时得有秘密条款,有时更全然是密约。条约总说是双方同意的，即使只有一方是"欣然同意"。不经双方同意而对一方有所直言，或彼此相对直言，那就往往是谴责，也就等于相骂。像去年联合国大会以后的美苏两强，就是如此。话越说得老实，也就越尖锐化，当然，翻脸倒是还不至于的。这种老实话一方面也是宣传。照一般的意见，宣传决不会是老实话。然而美苏两强互相谴责，其中的确有许多老实话，也的确有许多人信这一方或那一方，两大阵营对垒的形势因此也越见分明，世界也越见动荡。这正可见出宣传的力量。宣传也有各等各样。毫无事实的空头宣传，不用说没人信，有事实可也参点儿谎，就有信的人。因为有事实就有自信，有自信就能多多少少说出些真话，所以教人信。自然，事实越多越分明，信的人也就越多。但是有宣传，也就有反宣传，反宣传意在打消宣传。判断当然还得凭事实。不过正反错综，一般人眼花缭乱，不胜其麻烦，就索性一句话抹杀，说一切宣传都是谎！可是宣传果然都是谎，宣传也就不会存在了，所以还当分别而论。即如贝尔纳斯将他的书自题为《老实说》，或《老实话》，那位美国客人就怀疑他在自我宣传；但是那本书总不能够全是谎罢？一个人也决不能够全靠撒谎而活下去，因为那么着他就掉在虚无里，就没了。

很　　好

　　"很好"这两个字真是挂在我们嘴边儿上的。我们说，"你这个主意很好。""你这篇文章很好。""张三这个人很好。""这东西很好。"人家问，"这件事如此这般的办，你看怎么样?"我们也常常答道，"很好。"有时顺口再加一个，说"很好很好"。或者不说"很好"，却说"真好"，语气还是一样，这么说，我们不都变成了"好好先生"了么?我们知道"好好先生"不是无辨别的蠢才，便是有城府的乡愿。乡愿和蠢才尽管多，但是谁也不能相信常说"很好"，"真好"的都是蠢才或乡愿。平常人口头禅的"很好"或"真好"，不但不一定"很"好或"真"好，而且不一定"好"；这两个语其实只表示所谓"相当的敬意，起码的同情"罢了。

　　在平常谈话里，敬意和同情似乎比真理重要得多。一个人处处讲真理，事事讲真理，不但知识和能力不许可，而且得成天儿和别人闹别扭；这不是活得不耐烦，简直是没法活下去。自然一个人总该有认真的时候，但在不必认真的时候，大可不必认真；让人家从你嘴边儿上得着一点点敬意和同情，保持彼此间或浓或淡的睦谊，似乎也是在世为人的道理。说"很好"或"真好"，所着重的其实不是客观的好评而是主观的好感。用你给听话的一点点好感，换取听话的对你的一点点好感，就是这么回事而已。

　　你若是专家或者要人，一言九鼎，那自当别论；你不是专家或者要人,说好说坏,一般儿无足重轻,说坏只多数人家背地里议论你嘴坏或脾气坏而已,那又何苦来?就算你是专家或者要人,你也只能认真的批评在你门槛儿里的,世界上没有万能的专家或者要人,那么,你在说门槛儿外的话的时候,还不是和别人一般的无足重轻?还不是得在敬意和同情上着眼?我们成天听着自己的和别人的轻轻儿的快快儿的"很好"或"真好"的声音,大家肚子里反正明白这两个语的分量。若有人希图别人就将自己的这种话当作确切的评语,或者简直将别人的这种话当作自己的确切的评语,那才真是乡愿或蠢才呢。

我说"轻轻儿的","快快儿的",这就是所谓语气。只要那么轻轻儿的快快儿的,你说"好得很","好极了","太好了",都一样,反正不痛不痒的,不过"很好","真好"说着更轻快一些就是了。可是"很"字,"真"字,"好"字,要有一个说得重些慢些,或者整个儿说得重些慢些,分量就不同了。至少你是在表示你喜欢那个主意,那篇文章,那个人,那东西,那办法,等等,即使你还不敢自信你的话就是确切的评语。有时并不说得重些慢些,可是前后加上些字儿,如"很好,咳!""可真好。""我相信张三这个人很好。""你瞧,这东西真好。"也是喜欢的语气。"好极了"等语,都可以如法炮制。

可是你虽然"很"喜欢或者"真"喜欢这个那个,这个那个还未必就"很"好,"真"好,甚至于压根儿就未必"好"。你虽然加重的说了,所给予听话人的,还只是多一些的敬意和同情,并不能阐发这个那个的客观的价值。你若是个平常人,这样表示也尽够教听话的满意了。你若是个专家,要人,或者准专家,准要人,你要教听话的满意,还得指点出"好"在那里,或者怎样怎样的"好"。这才是听话的所希望于你们的客观的好评,确切的评语呢。

　　说"不错""不坏",和"很好""真好"一样;说"很不错""很不坏"或者"真不错""真不坏",却就是加字儿的"很好""真好"了。"好"只一个字,"不错""不坏"都是两个字;我们说话,有时长些比短些多带情感,这里正是个例子。"好"加上"很"或"真"才能和"不错""不坏"等量,"不错""不坏"再加上"很"或"真",自然就比"很好""真好"重了。可是说"不好"却干脆的是不好,没有这么多阴影。像旧小说里常见到的"说声'不好'"和旧戏里常听到的"大事不好了",可为代表。这里的"不"字还保持着它的独立的价值和否定的全量,不像"不错""不坏"的"不"字已经融化在成语里,没有多少劲儿。本来呢,既然有胆量在"好"上来个"不"字,也就无需乎再躲躲闪闪的;至多你在中间夹上一个字儿,说"不很好""不大好",但是听起来还是差不多的。

　　话说回来,既然不一定"很"好或"真"好,甚至于压根儿就不一定"好",为什么不沉默呢?不沉默,却偏要说点儿什么,不是无聊的敷衍吗?但是沉默并不是件容易事,你得有那种忍耐的功夫才成。沉默可以是"无意见",可以是"无所谓",也可以是"不好",听话的却顶容易将你的沉默解作"不好",至少也会觉着你这个人太冷,连嘴边儿上一点点敬意和同情都吝惜不给人家。在这种情景之下,你要不是生就的或炼就的冷人,你忍得住不说点儿什么才怪!要说,也无非"很好""真好"这一套儿。人生于世,遇着不必认真的时候,乐得多爱点儿,少恨点儿,似乎说不上无聊;敷衍得别有用心才是的,随口说两句无足重轻的好听的话,似乎也还说不上。

　　我屡次说到听话的。听话的人的情感的反应,说话的当然是关心的。谁也不乐意看尴尬的脸是不是?廉价的敬意和同情却可以遮住人家尴尬的脸,利他的原来也是利己的;一石头打两鸟儿,在平常的情形之下,又何乐而不为呢?世上固然有些事是当面的容易，可也有些事儿是当面的难。就说评论好坏，背后就比当面自由些。这不是说背后就可以放冷箭说人家坏话。一个人自己有身份，旁边有听话的，自爱的人那能干这个！这只是说在人家背后，顾忌可以少些，敬意和同情也许有用不着的时候。虽然这时候听话的中间也许还有那个人的亲戚朋友，但是究竟隔了一层；你说声"不很好"或"不大好"，大约还不至于见着尴尬的脸的。当了面就不成。当本人的面说他这个那个"不好"，固然不成，当许多人的面说他这个那个"不好"，更不成。当许多人的面说他们都"不好"，那简直是以寡敌众；只有当许多人的面泛指其中一些人这点那点"不好"，也许还马虎得过去。所以平常的评论，当了面大概总是用"很好"，"真好"的多。——背后也说"很好"，"真好"，那一定说得重些慢些。

可是既然未必"很"好或者"真"好，甚至于压根儿就未必"好"，说一个"好"还不成么？为什么必得加上"很"或"真"呢？本来我们回答"好不好？"或者"你看怎么样？"等问题，也常常只说个"好"就行‘了。但是只在答话里能够这么办，别的句子里可不成。一个原因是我国语言的惯例。单独的形容词或形容语用作句子的述语，往往是比较级的。如说"这朵花红"，"这花朵素净"，"这朵花好看"，实在是"这朵花比别的花红"，"这朵花比别的花素净"，"这朵花比别的花好看"的意思。说"你这个主意好"，"你这篇文章好"，"张三这个人好"，"这东西好"，也是"比别的好"的意思。另一个原因是"好"这个词的惯例。句里单用一个"好"字，有时实在是"不好"。如厉声指点着说"你好！"或者摇头笑着说，"张三好，现在竟不理我了。""他们这帮人好，竟不理这个碴儿了。"因为这些，要表示那一点点敬意和同情的时候，就不得不重话轻说，借用到"很好"或"真好"两个语了。

歌　声

昨晚中西音乐歌舞大会里"中西丝竹和唱"的三曲清歌,真令我神迷心醉了。

仿佛一个暮春的早晨。霏霏的毛雨默然洒在我脸上,引起润泽、轻松的感觉。新鲜的微风吹动我的衣袂,像爱人的鼻息吹着我的手一样。我立的一条白矾石的甬道上,经了那细雨,正如涂了一层薄薄的乳油;踏着只觉越发滑腻可爱了。

这是在花园里。群花都还做她们的清梦。那微雨偷偷洗去她们的尘垢,她们的甜软的光泽便自焕发了。在那被洗去的浮艳下,我能看到她们在有日光时所深藏着的恬静的红,冷落的紫,和苦笑的白与绿。以前锦绣般在我眼前的,现在都带了黯淡的颜色。——是愁着芳春的消歇么?是感着劳春的困倦么?

大约也因那蒙蒙的雨,园里没了浓郁的香气。涓涓的东风只吹来一缕缕饿了似的花香;夹带着些潮湿的草丛的气息和泥土的滋味。园外田亩和沼泽里,又时时送过些新插的秧,少壮的麦,和成阴的柳树的清新的蒸气。这些虽非甜美,却能强烈地刺激我的鼻观,使我有愉快的倦怠之感。

看啊,那都是歌中所有的:我用耳,也用眼,鼻,舌,身,听着;也用心唱着。我终于被一种健康的麻痹袭取了,于是为歌所有。此后只由歌独自唱着,听着,世界上便只有歌声了。

哀 互 生

三月里刘薰宇君来信,说互生病了,而且是没有希望的病,医生说只好等日子了。四月底在《时事新报》上见到立达学会的通告,想不到这么快互生就殁了!后来听说他病中的光景,那实在太惨;为他想,早点去,少吃些苦头,也未尝不好的。但丢下立达这个学校,这班朋友,这班学生,他一定不甘心,不瞑目!

互生最叫我们纪念的是他做人的态度。他本来是一副铜筋铁骨,黑皮肤衬着那一套大布之衣,看去像个乡下人。他什么苦都吃得,从不晓得享用,也像乡下人。他心里那一团火,也像乡下人。那一团火是热,是力,是光。他不爱多说话,但常常微笑;那微笑是自然的,温暖的。在他看,人是可以互相爱着的,除了一些成见已深,不愿打开窗户说亮话的。他对这些人却有些憎恶,不肯假借一点颜色。世界上只有能憎的人才能爱;爱憎没有定见,只是毫无作为的角色。互生觉得青年成见还少,希望最多;所以愿意将自己的生命一滴不剩而献给他们,让爱的宗教在他们中间发荣滋长,让他们都走向新世界去。互生不好发议论,只埋着头干干干,是儒家的真正精神。我和他并没有深谈过,但从他的行事看来,相信我是认识他的。

互生办事的专心,少有人及得他。他办立达便饮食坐卧只惦着立达,再不想别的。立达好像他的情人,他的独子。他性情本有些狷介,但为了立达,也常去看一班大人先生,更常去看那些有钱可借的老板之类。他东补西凑地为立达筹款子,还要跑北京,跑南京。有一回他本可以留学去。但丢不下立达,到底没有去。他将生命献给立达,立达也便是他的生命。他办立达这么多年,并没有让多少人知道他个人的名字;他早忘记了自己。现在他那样壮健的身子到底为立达牺牲了。他殉了自己的理想,是有意义的。只是这理想刚在萌芽;我们都该想想,立达怎样才可不死呢?立达不死,互生其实也便不死了。

我是扬州人

有些国语教科书里选得有我的文章,注解里或说我是浙江绍兴人,或说我是江苏江都人——就是扬州人。有人疑心江苏江都人是错了,特地老远地写信托人来问我。我说两个籍贯都不算错,但是若打官话,我得算浙江绍兴人。浙江绍兴是我的祖籍或原籍,我从进小学就填的这个籍贯;直到现在,在学校里服务快三十年了,还是报的这个籍贯。不过绍兴我只去过两回,每回只住了一天;而我家里除先母外,没一个人会说绍兴话。

我家是从先祖才到江苏东海做小官。东海就是海州,现在是陇海路的终点。我就生在海州。四岁的时候先父又到邵伯镇做小官,将我们接到那里。海州的情形我全不记得了,只对海州话还有亲热感,因为父亲的扬州话里夹着不少海州口音。在邵伯住了差不多两年,是住在万寿宫里。万寿宫的院子很大,很静;门口就是运河。河坎很高,我常向河里扔瓦片玩儿。邵伯有个铁牛湾,那儿有一条铁牛镇压着。父亲的当差常抱我去看它,骑它,抚摸它。镇里的情形我也差不多忘记了。只记住在镇里一家人家的私塾里读过书,在那里认识了一个好朋友叫江家振。我常到他家玩儿,傍晚和他坐在他家荒园里一根横倒的枯树干上说着话,依依不舍,不想回家。这是我第一个好朋友,可惜他未成年就死了;记得他瘦得很,也许是肺病罢?

六岁那一年父亲将全家搬到扬州。后来又迎养先祖父和先祖母。父亲曾到江西做过几年官,我和二弟也曾去过江西一年;但是老家一直在扬州住着。我在扬州读初等小学,没毕业,读高等小学,毕了业;读中学,也毕了业。我的英文得力于高等小学里一位黄先生,他已经过世了。还有陈春台先生,他现在是北平著名的数学教师。这两位先生讲解英文真清楚,启发了我学习的兴趣;只恨我始终没有将英文学好,愧对这两位老师。还有一位戴子秋先生,也早过世了,我的国文是跟他老人家学着做通了的。那是辛亥革命之后在他家夜塾里的时候。中学毕业,我是十八岁,那年就考进了北京大学预科,从此就不常在扬州了。

就在十八岁那年冬天,父亲母亲给我在扬州完了婚。内人武钟谦女士是杭州籍,其实也是在扬州长成的。她从不曾去过杭州;后来同我去是第一次。她后来因为肺病死在扬州,我曾为她写过一篇《给亡妇》。我和她结婚的时候,祖父已经死了好几年了。结婚后一年祖母也死了。他们两老都葬在扬州,我家于是有祖茔在扬州了。后来亡妇也葬在这祖茔里。母亲在抗战前两年过世,父亲在胜利前四个月过世,遗憾的是我都不在扬州;他们也葬在那祖茔里。这中间叫我痛心的是死了第二个女儿!她性情好,爱读书,做事负责任,待朋友最好。已经成人了,不知什么病,一天半就完了!她也葬在祖茔里。我有九个孩子。除第二个女儿外,还有一个男孩不到一岁就死在扬州;其余亡妻生的四个孩子都曾在扬州老家住过多少年。这个老家直到今年夏初才解散了,但是还留着一位老年的庶母在那里。

我家跟扬州的关系,大概够得上古人说的"生于斯,死于斯,歌哭于斯"了。现在亡妻生的四个孩子都已自称为扬州人;我比起他们更算是在扬州长成的,自然更该算是扬州人了。但是从前一直马马虎虎的骑在墙上，并且自称浙江人的时候还多些，又为什么呢？这一半因为报的是浙江籍，求其一致，一半也还有些别的道理。这些道理第一桩就是籍贯是无所谓的。那时要做一个世界人，连国籍都觉得狭小，不用说省籍和县籍了。那时在大学里觉得同乡会最没有意思。我同住的和我来往的自然差不多都是扬州人，自己却因为浙江籍，不去参加江苏或扬州同乡会。可是虽然是浙江绍兴籍，却又没跟一个地道浙江人来往，因此也就没人拉我去开浙江同乡会，更不用说绍兴同乡会了。这也许是两栖或骑墙的好处罢？然而出了学校以后到常常会到地道绍兴了。我既然不会说绍兴话，并且除了花雕和兰亭外几乎不知道绍兴别的情形，于是乎往往只好自己承认是假绍兴人。那虽然一半是玩笑，可也有点儿窘的。

还有一桩道理就是我有些讨厌扬州人；我讨厌扬州人的小气和虚气。小是眼光如豆，虚是虚张声势，小气无须举例。虚气例如已故的扬州某中央委员，坐包车在街上走，除拉车的外，又跟上四个人在车子边推着跑着。我曾经写过一篇短文，指出扬州人这些毛病。后来要将这篇文收入散文集《你我》里，商务印书馆不肯，怕再闹出"亲话扬州"的案子。这当然也因为他们总以为我是浙江人，而浙江人骂扬州人是会得罪扬州人的。但是我也并不抹煞扬州的好处，曾经写过一篇《扬州的夏日》，还有在《看花》里也提起扬州福缘庵的桃花。再说现在年纪大些了，觉得小气和虚气都可以算是地方气，绝不止是扬州人如此。从前自己常答应人说自己是绍兴人，一半又因为绍兴有些憨气，而扬州似乎太聪明。其实扬州人也未尝没憨气，我的朋友任中敏(二北)先生，办了这么多年汉民中学，不管人家理会不理会，难道还不够"憨"的！绍兴人固然有憨气，但是也许还有别的我讨厌的，不过我不深知罢了,这也许是阿Q的想法罢了？然而我对于扬州的确渐渐亲热起来了。

扬州真像有些人说的，不折不扣是个有名的地方。不用远说，李斗《扬州画舫录》里的扬州就够羡慕的。可是现在衰落了，经济上是一日千丈的衰落了，只看那些没精打采的盐商家就知道。扬州在上海被称为江北佬，这名字总而言之应该表示低等的人。江北佬在上海是受欺负的，他们于是学些不三不四的上海话来冒充上海人。到了这地步他们可竟会忘其所以的欺负起那些新来的江北佬了。这就养成了扬州人的自卑心理。抗战以来许多扬州人来到西南，大半都自称为上海人，就靠着那一点不三不四的上海话；甚至连这一点都没有，也还自称为上海人。其实扬州人在本地也有他们的骄傲的。他们称徐州以北的人为侉子，那些人说的是侉话。他们笑镇江人说话土气，南京人说话大舌头，尽管这两个地方都在江南。吴语他们称为蛮话，说这种话的人当然是蛮子了。然而这些话只好关着门在家里说，到上海一看，立即就会矮上半截，缩起舌头不敢喷一声了。扬州真是衰落得可以啊！

我也是一个江北佬，一大堆扬州口音说是招牌，但是我却不愿做上海人；上海人太狡猾了。况且上海对我太生疏，生疏的程度跟绍兴对我也差不多；因为我知道上海虽然也许比知道绍兴多些，但是绍兴究竟是我的祖籍，上海是和我水米无干的。然而年纪大起来了，世界人到底做不成，我要一个故乡。俞平伯先生有一行诗，说"把故乡掉了"。其实他掉了故乡又找到了一个故乡；他诗文里提到苏州度过他的童年，所以提起来一点一滴都亲亲热热的，童年的记忆最单纯最真切，影响最深最久；种种悲欢离合，回想起来最有意思。"青灯有味是儿时"，其实不止青灯，儿时的一切回忆都是有味的。这样看，在那儿度过童年，就算那儿是故乡，大概差不多罢？这样看，就只有扬州可以算是我的故乡了。何况我的家又是"生于斯，死于斯，歌哭于斯"呢？所以扬州好也罢，歹也罢，我总该算是扬州人的。

买　书

买书也是我的嗜好,和抽烟一样。但这两件事我其实都不在行,尤其是买书。在北平这地方,像我那样买,像我买的那些书,说出来真寒碜死人;不过本文所要说的既非诀窍,也算不得经验,只是些小小的故事,想来也无妨的。

在家乡中学的时候,家里每月给零用一元。大部分都报效了一家广益书局,取回些杂志及新书。那老板姓张,有点儿抽肩膀,老是捧着水烟袋;可是人好,我们不觉得他有市侩气。他肯给我们这班孩子记账。每到节下,我总欠他一元多钱。他催得并不怎么紧;向家里商量商量,先还个一元也就成了。那时候最爱读的一本《佛学易解》(贾丰臻著,中华书局印行)就是从张手里买的。那时候不买旧书,因为家里有。只有一回,不知哪儿捡不定期《文心雕龙》的名字,急着想看,便去旧书铺访求:有一家拿出一部广州套版的,要一元钱,买不起;后来另买到一部,书品也还好,纸墨差些,却只花了小洋三角。这部书还在,两三年前给换上了磁青纸的皮儿,却显得配不上。

到北平来上学入了哲学系,还是喜欢找佛学书看。那时候佛经流通处在西城卧佛寺街鹫峰寺。在街口下了车,一直走,快到城根儿了,才看见那个寺。那是个阴沉沉的秋天下午,街上只有我一个人。到寺里买了《因明入正理论疏》、《百法明门论疏》、《翻译名义集》等。这股傻劲儿回味起来颇有意思；正像那回从天坛出来，挨着城根，独自个儿，探险似的穿过许多没人走的碱地去访陶然亭一样。在毕业的那年，到琉璃厂华洋书庄去，看见新版韦伯斯特大字典，定价才十四元。可是十四元并不容易找。想来想去，只好硬了心肠将结婚时候父亲给做的一件紫毛（猫皮）水獭领大氅亲手拿着，走到后门一家当铺里去，说当十四元钱。柜上人似乎没有什么留难就答应了。这件大氅是布面子，土式样，领子小而毛杂——原是用了两副"马蹄袖"拼凑起来的。父亲给做这件衣服，可很费了点张罗。拿去当的时候，也踌躇了一下，却终于舍不得那本字典。想着将来准赎出来就是了。想不到竟不能赎出来，这是直到现在翻那本字典时常引为遗憾的。

重来北平之后，有一年忽然想搜集一些杜诗。一家小书铺叫文雅堂的给找了不少，都不算贵；那伙计是个麻子，一脸笑，是铺子里少掌柜的。铺子靠他父亲支持，并没有什么好书，去年他父亲死了，他本人不大内行，让伙计吃了，现在长远不来了，他不知怎么样。说起杜诗，有一回，一家书铺送来高丽本《杜律分韵》，两本书，索价三百元。书极不相干而索价如此之高，荒谬之至，况且书面上原购者明明写着"以银二两得之"。第二天另一家送来一样的书，只要二元钱，我立刻买下。北平的书价，离奇有如此者。

旧历正月里厂甸的书摊值得看；有些人天天巡礼去。我住的远，每年只去一个下午——上午摊儿少。土地祠内外人山人海摩肩接踵地来往。也买过些零碎东西；其中有一本是《伦敦竹枝词》，花了三毛钱。买来以后，恰好《论语》要稿子，选抄了些寄去，加上一点说明，居然得着五元稿费。这是仅有的一次，买的书赚了钱。

在伦敦的时候，从寓所出来，走过近旁小街。有一家小书店门口摆着一架旧书。上前去徘徊了一下，看见一本《牛津书话选》

（The Book Lovers' Anthology），烫花布面，装订不马虎，四百多面，本子也不小，准有七八成新，才一先令六便士，那时合中国一元三毛钱，比东安市场旧洋书还贱些。这选本节录许多名家诗文，说到书的各方面的；性质有点像叶德辉氏《书林清话》，但不像《清话》有系统；他们旨趣原是两样的。因为买这本书，结识了那掌柜的；他以后给我找了不少便宜的旧书。有一种书，他找不到旧的；便和我说，他们批购新书按七五扣，他愿意少赚一扣，按九扣卖给我。我没有要他这么办，但是很感谢他的好意。

阿　河

　　我这一回寒假，因为养病，住到一家亲戚的别墅里去。那别墅是在乡下。前面偏左的地方，是一片淡蓝的湖水，对岸环拥着不尽的青山。山的影子倒映在水里，越显得清清朗朗的。水面常如镜子一般。风起时，微有皱痕；像少女们皱她们的眉头，过一会子就好了。湖的余势束成一条小港，缓缓地不声不响地流过别墅的门前。门前有一条小石桥，桥那边尽是田亩。这边沿岸一带，相间地栽着桃树和柳树，春来当有一番热闹的梦。别墅外面缭绕着短短的竹篱，篱外是小小的路。里边一座向南的楼，背后便倚着山。西边是三间平屋，我便住在这里。院子里有两块草地，上面随便放着两三块石头。另外的隙地上，或罗列着盆栽，或种莳着花草。篱边还有几株枝干蟠曲的大树，有一株几乎要伸到水里去了。

　　我的亲戚韦君只有夫妇二人和一个女儿。她在外边念书，这时也刚回到家里。她邀来三位同学，同到她家过这个寒假；两位是亲戚，一位是朋友。她们住着楼上的两间屋子。韦君夫妇也住在楼上。楼下正中是客厅，常是闲着，西间是吃饭的地方；东间便是韦君的书房，我们谈天，喝茶，看报，都在这里。我吃了饭，便是一个人，也要到这里来闲坐一回。我来的第二天，韦小姐告诉我，她母亲要给她们找一个好好的女用人；长工阿齐说有一个表妹，母亲叫他明天就带来做做看呢。她似乎很高兴的样子,我只是不经意地答应。

平屋与楼屋之间,是一个小小的厨房。我住的是东面的屋子,从窗子里可以看见厨房里人的来往。这一天午饭前,我偶然向外看看,见一个面生的女用人,两手提着两把白铁壶,正往厨房里走;韦家的李妈在她前面领着,不知在和她说甚么话。她的头发乱蓬蓬的,像冬天的枯草一样。身上穿着镶边的黑布棉袄和夹裤,黑里已泛出黄色;棉袄长与膝齐,夹裤也直拖到脚背上。脚倒是双天足,穿着尖头的黑布鞋,后跟还带着两片同色的"叶拔儿"。想这就是阿齐带来的女用人了;想完了就坐下看书。晚饭后,韦小姐告诉我,女用人来了,她的名字叫"阿河"。我说,"名字很好,只是人土些;还能做么?"她说,"别看她土,很聪明呢。"我说,"哦。"便接着看手中的报了。

以后每天早上,中上,晚上,我常常看见阿河挈着水壶来往;她的眼似乎总是望前看的。两个礼拜匆匆地过去了。韦小姐忽然和我说,你别看阿河土,她的志气很好,她是个可怜的人。我和娘说,把我前年在家穿的那身棉袄裤给了她吧。我嫌那两件衣服太花,给了她正好。娘先不肯,说她来了没有几天;后来也肯了。今天拿出来让她穿,正合式呢。我们教给她打绒绳鞋,她真聪明,一学就会了。她说拿到工钱,也要打一双穿呢。我等几天再和娘说去。

"她这样爱好!怪不得头发光得多了,原来都是你们教她的。好!你们尽教她讲究,她将来怕不愿回家去呢。"大家都笑了。

旧新年是过去了。因为江浙的兵事,我们的学校一时还不能开学。我们大家都乐得在别墅里多住些日子。这时阿河如换了一个人。她穿着宝蓝色挑着小花儿的布棉袄裤;脚下是嫩蓝色毛绳鞋,鞋口还缀着两个半蓝半白的小绒球儿。我想这一定是她的小姐们给帮忙的。古语说得好,"人要衣裳马要鞍",阿河这一打扮,真有些楚楚可怜了。她的头发早已是刷得光光的,覆额的留海也梳得十分伏帖。一张小小的圆脸,如正开的桃李花;脸上并没有笑,却隐隐地含着春日的光辉,像花房里充了蜜一般。这在我几乎是一个奇迹;我现在是常站在窗前看她了。我觉得在深山里发见了一粒猫儿眼;这样精纯的猫儿眼,是我生平所仅见!我觉得我们相识已太长久,极愿和她说一句话——极平淡的话,一句也好。但我怎好平白地和她攀谈呢?这样郁郁了一礼拜。

　　这是元宵节的前一晚上。我吃了饭,在屋里坐了一会,觉得有些无聊,便信步走到那书房里。拿起报来,想再细看一回。忽然门钮一响,阿河进来了。她手里拿着三四支颜色铅笔;出乎意料地走近了我。她站在我面前了,静静地微笑着说:"白先生,你知道铅笔刨在哪里?"一面将拿着的铅笔给我看。我不自主地立起来,匆忙地应道,"在这里;"我用手指着南边柱子。但我立刻觉得这是不够的。我领她走近了柱子。这时我像闪电似地踌躇了一下,便说,"我……我……"她一声不响地已将一支铅笔交给我。我放进刨子里刨给她看。刨了两下,便想交给她;但终于刨完了一支,交还了她。她接了笔略看一看,仍仰着脸向我。我窘极了。刹那间念头转了好几个圈子;到底硬着头皮搭讪着说,"就这样刨好了。"我赶紧向门外一瞥,就走回原处看报去。但我的头刚低下,我的眼已抬起来了。于是远远地从容地问道,"你会么?"她不曾掉过头来,只"嗯"了一声,也不说话。我看了她背影一会。觉得应该低下头了。等我再抬起头来时,她已默默地向外走了。她似乎总是望前看的;我想再问她一句话,但终于不曾出口。我撇下了报,站起来走了一会,便回到自己屋里。我一直想着些什么,但什么也没有想出。

第二天早上看见她往厨房里走时，我发愿我的眼将老跟着她的影子！她的影子真好。她那几步路走得又敏捷，又匀称，又苗条，正如一只可爱的小猫。她两手各提着一只水壶，又令我想到在一条细细的索儿上抖擞精神走着的女子。这全由于她的腰；她的腰真太软了，用白水的话说，真是软到使我如吃苏州的牛皮糖一样。不止她的腰，我的日记里说得好："她有一套和云霞比美，水月争灵的曲线，织成大大的一张迷惑的网！"而那两颊的曲线，尤其甜蜜可人。她两颊是白中透着微红，润泽如玉。她的皮肤，嫩得可以掐出水来；我的日记里说，"我很想去掐她一下呀！"她的眼像一双小燕子，老是在滟滟的春水上打着圈儿。她的笑最使我记住，像一朵花漂浮在我的脑海里。我不是说过，她的小圆脸像正开的桃花么？那么，她微笑的时候，便是盛开的时候了：花房里充满了蜜，真如要流出来的样子。她的发不甚厚，但黑而有光，柔软而滑，如纯丝一般。只可惜我不曾闻着一些儿香。唉！从前我在窗前看她好多次，所得的真太少了；若不是昨晚一见，——虽只几分钟——我真太对不起这样一个人儿了。

午饭后，韦君照例地睡午觉去了，只有我，韦小姐和其他三位小姐在书房里。我有意无意地谈起阿河的事。我说：

"你们怎知道她的志气好呢？"

"那天我们教给她打绒绳鞋；"一位蔡小姐便答道，"看她很聪明，就问她为甚么不念书？她被我们一问，就伤心起来了。……"

"是的，"韦小姐笑着抢了说，"后来还哭了呢；还有一位傻子陪她淌眼泪呢。"

那边黄小姐可急了，走过来推了她一下。蔡小姐忙拦住道，"人家说正经话，你们尽闹着玩儿！让我说完了呀——"

"我代你说罢，"韦小姐仍抢着说，"——她说她只有一个爹，没有娘。嫁了一个男人，倒有三十多岁，土头土脑的，脸上满是疱！他是李妈的邻舍，我还看见过呢。……"

"好了，底下我说吧。"蔡小姐接着道，"她男人又不要好，尽爱赌钱；她一气，就住到娘家来，有一年多不回去了。"

"她今年几岁？"我问。

"十七不知十八？前年出嫁的，几个月就回家了，"蔡小姐说。

"不，十八，我知道，"韦小姐改正道。

"哦。你们可曾劝她离婚？"

"怎么不劝；"韦小姐应道，"她说十八回去吃她表哥的喜酒，要和她的爹去说呢。"

"你们教她的好事，该当何罪！"我笑了。

她们也都笑了。

十九的早上，我正在屋里看书，听见外面有嚷嚷的声音；这是从来没有的。我立刻走出来看；只见门外有两个乡下人要走进来，却给阿齐拦住。他们只是央告，阿齐只是不肯。这时韦君已走出院中，向他们道，

"你们回去吧。人在我这里，不要紧的。快回去，不要瞎吵！"

两个人面面相觑，说不出一句话；俄延了一会，只好走了。我问韦君什么事？他说，

"阿河啰！还不是瞎吵一回子。"

我想他于男女的事向来是懒得说的，还是回头问他小姐的好；我们便谈到别的事情上去。

吃了饭，我赶紧问韦小姐，她说，

"她是告诉娘的，你问娘去。"

我想这件事有些尴尬，便到西间里问韦太太；她正看着李妈

收拾碗碟呢。她见我问,便笑着说,

"你要问这些事做什么?她昨天回去,原是借了阿桂的衣裳穿了去的,打扮得娇滴滴的,也难怪,被她男人看见了,便约了些不相干的人,将她抢回去过了一夜。今天早上,她骗她男人,说要到此地来拿行李。她男人就会信她,派了两个人跟着。那知她到了这里,便叫阿齐拦着那跟来的人;她自己便跪在我面前哭诉,说死也不愿回她男人家去。你说我有什么法子。只好让那跟来的人先回去再说。好在没有几天,她们要上学了,我将来交给她的爹吧。唉,现在的人,心眼儿真是越过越大了;一个乡下女人,也会闹出这样惊天动地的事了!"

"可不是,"李妈在旁插嘴道,"太太你不知道;我家三叔前儿来,我还听他说呢。我本不该说的,阿弥陀佛!太太,你想她不愿意回婆家,老愿意住在娘家,是什么道理?家里只有一个单身的老子;你想那该死的老畜生!他舍不得放她回去呀!"

"低些,真的么?"韦太太惊诧地问。

"他们说得千真万确的。我早就想告诉太太了,总有些疑心;今天看她的样子,真有几分对呢。太太,你想现在还成什么世界!"

"这该不至于吧。"我淡淡地插了一句。

"少爷,你哪里知道!"韦太太叹了一口气,"——好在没有几天了,让她快些走吧;别将我们的运气带坏了。她的事,我们以后也别谈吧。"

开学的通告来了,我定在二十八走。二十六的晚上,阿河忽然不到厨房里挈水了。韦小姐跑来低低地告诉我,"娘叫阿齐将阿河送回去了;我在楼上,都不知道呢。"我应了一声,一句话也没有说。正如每日有三顿饱饭吃的人,忽然绝了粮;却又不能告诉一个人!而且我觉得她的前面是黑洞洞的,此去不定有什么好歹!

那一夜我是没有好好地睡,只翻来覆去地做梦,醒来却又一例茫然。这样昏昏沉沉地到了二十八早上,懒懒地向韦君夫妇和韦小姐告别而行,韦君夫妇坚约春假再来住,我只得含糊答应着。出门时,我很想回望厨房几眼;但许多人都站在门口送我,我怎好回头呢?

到校一打听,老友陆已来了。我不及料理行李,便找着他,将阿河的事一五一十告诉他。他本是个好事的人;听我说时,时而皱眉,时而叹气,时而擦掌。听到她只十八岁时,他突然将舌头一伸,跳起来道,

"可惜我早有了我那太太!要不然,我准得想法子娶她!"

"你娶她就好了;现在不知鹿死谁手呢?"

我俩默默相对了一会,陆忽然拍着桌子道,

"有了,老汪不是去年失了恋么?他现在还没有主儿,何不给他俩撮合一下。"

我正要答说,他已出去了。过了一会子,他和汪来了,进门就嚷着说,

"我和他说,他不信;要问你呢!"

"事是有的,人呢,也真不错。只是人家的事,我们凭什么去管!"我说。

"想法子呀!"陆嚷着。

"什么法子?你说!"

"好,你们尽和我开玩笑,我才不理会你们呢!"汪笑了。

我们几乎每天都要谈到阿河,但谁也不曾认真去"想法子。"

一转眼已到了春假。我再到韦君别墅的时候,水是绿绿的,桃腮柳眼,着意引人。我却只惦着阿河,不知她怎么样了。那时韦小姐已回来两天。我背地里问她,她说,

"奇得很!阿齐告诉我,说她二月间来求娘来了。她说她男人已死了心,不想她回去;只不肯白白地放掉她。他教她的爹拿出八十块钱来,人就是她的爹的了;他自己也好另娶一房人。可是阿河说她的爹哪有这些钱?她求娘可怜可怜她!娘的脾气你知道。她是个古板的人;她数说了阿河一顿,一个钱也不给!我现在和阿齐说,让他上镇去时,带个信儿给她,我可以给她五块钱。我想你也可以帮她些,我教阿齐一块儿告诉她吧。只可惜她未必肯再上我们这儿来啰!"

"我拿十块钱吧,你告诉阿齐就是。"

我看阿齐空闲了,便又去问阿河的事。他说,

"她的爹正给她东找西找地找主儿呢。只怕难吧,八十块大洋呢!"

我忽然觉得不自在起来,不愿再问下去。

过了两天,阿齐从镇上回来,说,

"今天见着阿河了。娘的,齐整起来了。穿起了裙子,做老板娘娘了!据说是自己拣中的;这种年头!"

我立刻觉得,这一来全完了!只怔怔地看着阿齐,似乎想在他脸上找出阿河的影子。咳,我说什么好呢?愿命运之神长远庇护着她吧!

第二天我便托故离开了那别墅;我不愿再见那湖光山色,更不愿再见那间小小的厨房!

儿　女

　　我现在已是五个儿女的父亲了。想起圣陶喜欢用的"蜗牛背了壳"的比喻,便觉得不自在。新近一位亲戚嘲笑我说,"要剥层皮呢!"更有些悚然了。十年前刚结婚的时候,在胡适之先生的《藏晖室札记》里,见过一条,说世界上有许多伟大的人物是不结婚的;文中并引培根的话,"有妻子者,其命定矣。"当时确吃了一惊,仿佛梦醒一般;但是家里已是不由分说给娶了媳妇,又有甚么可说?现在是一个媳妇,跟着来了五个孩子;两个肩头上,加上这么重一副担子,真不知怎样走才好。"命定"是不用说了;从孩子们那一面说,他们该怎样长大,也正是可以忧虑的事。我是个彻头彻尾自私的人,做丈夫已是勉强,做父亲更是不成。自然,"子孙崇拜","儿童本位"的哲理或伦理,我也有些知道;既做着父亲,闭了眼抹杀孩子们的权利,知道是不行的。可惜这只是理论,实际上我是仍旧按照古老的传统,在野蛮地对付着,和普通的父亲一样。近来差不多是中年的人了,才渐渐觉得自己的残酷;想着孩子们受过的体罚和叱责,始终不能辩解——像抚摩着旧创痕那样,我的心酸溜溜的。有一回,读了有岛武郎《与幼小者》的译文,对了那种伟大的,沉挚的态度,我竟流下泪来了。去年父亲来信,问起阿九,那时阿九还在白马湖呢;信上说,"我没有耽误你,你也不要耽误他才好。"我为这句话哭了一场;我为什么不像父亲的仁慈?我不该忘记,父亲怎样待我们来着!人性许真是二元的,我是这样地矛盾;我的心像钟摆似的来去。

你读过鲁迅先生的《幸福的家庭》么?我的便是那一类的"幸福的家庭"!每天午饭和晚饭,就如两次潮水一般。先是孩子们你来他去地在厨房与饭间里查看,一面催我或妻发"开饭"的命令。急促繁碎的脚步,夹着笑和嚷,一阵阵袭来,直到命令发出为止。他们一递一个地跑着喊着,将命令传给厨房里佣人;便立刻抢着回来搬凳子。于是这个说,"我坐这儿!"那个说,"大哥不让我!"大哥却说,"小妹打我!"我给他们调解,说好话。但是他们有时候很固执,我有时候也不耐烦,这便用着叱责了;叱责还不行,不由自主地,我的沉重的手掌便到他们身上了。于是哭的哭,坐的坐,局面才算定了。接着可又你要大碗,他要小碗,你说红筷子好,他说黑筷子好;这个要干饭,那个要稀饭,要茶要汤,要鱼要肉,要豆腐,要萝卜;你说他菜多,他说你菜好。妻是照例安慰着他们,但这显然是太迂缓了。我是个暴躁的人,怎么等得及?不用说,用老法子将他们立刻征服了;虽然有哭的,不久也就抹着泪捧起碗了。吃完了,纷纷爬下凳子,桌上是饭粒呀,汤汁呀,骨头呀,渣滓呀,加上纵横的筷子,欹斜的匙子,就如一块花花绿绿的地图模型。吃饭而外,他们的大事便是游戏。游戏时,大的有大主意,小的有小主意,各自坚持不下,于是争执起来;或者大的欺负了小的,或者小的竟欺负了大的,被欺负的哭着嚷着,到我或妻的面前诉苦;我大抵仍旧要用老法子来判断的,但不理的时候也有。最为难的,是争夺玩具的时候:这一个的与那一个的是同样的东西,却偏要那一个的;而那一个便偏不答应。在这种情形之下,不论如何,终于是非哭了不可的。这些事件自然不至于天天全有,但大致总有好些起。我若坐在家里看书或写什么东西,管保一点钟里要分几回心，或站起来一两次的。若是雨天或礼拜日，孩子们在家的多，那么，摊开书竟看不下一行，提起笔也写不出一个字的事，也有过的。我常和妻说，"我们家真是成日的千军万马呀！"有时是不但"成日"，连夜里也有兵马在进行着，在有吃乳或生病的孩子的时候！

我结婚那一年，才十九岁。二十一岁，有了阿九；二十三岁，又有了阿菜。那时我正像一匹野马，那能容忍这些累赘的鞍鞯，辔头，和缰绳？摆脱也知是不行的，但不自觉地时时在摆脱着。现在回想起来，那些日子，真苦了这两个孩子；真是难以宽宥的种种暴行呢！阿九才两岁半的样子，我们住在杭州的学校里。不知怎地，这孩子特别爱哭，又特别怕生人。一不见了母亲，或来了客，就哇哇地哭起来了。学校里住着许多人，我不能让他扰着他们，而客人也总是常有的；我懊恼极了，有一回，特地骗出了妻，关了门，将他按在地下打了一顿。这件事，妻到现在说起来，还觉得有些不忍；她说我的手太辣了，到底还是两岁半的孩子！我近年常想着那时的光景，也觉黯然。阿菜在台州，那是更小了；才过了周岁，还不大会走路。也是为了缠着母亲的缘故吧，我将她紧紧地按在墙角里，直哭喊了三四分钟；因此生了好几天病。妻说，那时真寒心呢！但我的苦痛也是真的。我曾给圣陶写信，说孩子们的折磨，实在无法奈何；有时竟觉着还是自杀的好。这虽是气愤的话，但这样的心情，确也有过的。后来孩子是多起来了，磨折也磨折得久了，少年的锋棱渐渐地钝起来了；加以增长的年岁增长了理性的裁制力，我能够忍耐了——觉得从前真是一个"不成材的父亲"，如我给另一个朋友信里所说。但我的孩子们在幼小时，确比别人的特别不安静，我至今还觉如此。我想这大约还是由于我们抚育不得法；从前只一味地责备孩子，让他们代我们负起责任，却未免是可耻的残酷了！

正面意义的"幸福"，其实也未尝没有。正如谁所说，小的总是可爱，孩子们的小模样，小心眼儿，确有些教人舍不得的。阿毛现在五个月了，你用手指去拨弄她的下巴，或向她做趣脸，她便会张开没牙的嘴格格地笑，笑得像一朵正开的花。她不愿在屋里待着；待久了，便大声儿嚷。妻常说，"姑娘又要出去溜达了。"她说她像鸟儿般，每天总得到外面溜一些时候。闰儿上个月刚过了三岁，笨得很，话还没有学好呢。他只能说三四个字的短语或句子，文法错误，发音模糊，又得费气力说出；我们老是要笑他的。他说"好"字，总变成"小"字；问他"好不好？"他便说"小"，或"不小"。我们常常逗着他说这个字玩儿；他似乎有些觉得，近来偶然也能说出正确的"好"字了——特别在我们故意说成"小"字的时候。他有一只搪瓷碗，是一毛来钱买的；买来时，老妈子教给他，"这是一毛钱。"他便记住"一毛"两个字，管那只碗叫"一毛"，有时竟省称为"毛"。这在新来的老妈子，是必需翻译了才懂的。他不好意思，或见着生客时，便咧着嘴痴笑；我们常用了土话，叫他做"呆瓜"。他是个小胖子，短短的腿，走起路来，蹒跚可笑；若快走或跑，便更"好看"了。他有时学我，将两手叠在背后，一摇一摆的；那是他自己和我们都要乐的。他的大姊便是阿菜，已是七岁多了，在小学校里念着书。在饭桌上，一定得啰啰唆唆地报告些同学或他们父母的事情；气喘喘地说着，不管你爱听不爱听。说完了总问我："爸爸认识么？""爸爸知道么？"妻常禁止她吃饭时说话，所以她总是问我。她的问题真多：看电影便问电影里的是不是人？是不是真人？怎么不说话？看照相也是一样。不知谁告诉她，兵是要打人的。她回来便问，兵是人么？为什么打人？近来大约听了先生的话，回来又问张作霖的兵是帮谁的？蒋介石的兵是不是帮我们的?诸如此类的问题，每天短不了，常常闹得我不知怎样答才行。她和闰儿在一处玩儿，一大一小，不很合式，老是吵着哭着。但合式的时候也有:譬如这个往床底下躲，那个便钻进去追着;这个钻出来，那个也跟着——从这个床到那个床，只听见笑着，嚷着，喘着，真如妻所说，像小狗似的。现在在京的，便只有这三个孩子;阿九和转儿是去年北来时，让母亲暂时带回扬州去了。

阿九是欢喜书的孩子。他爱看《水浒》，《西游记》，《三侠五义》，《小朋友》等;没有事便捧着书坐着或躺着看。只不欢喜《红楼梦》，说是没有味儿。是的，《红楼梦》的味儿，一个十岁的孩子，哪里能领略呢?去年我们事实上只能带两个孩子来;因为他大些，而转儿是一直跟着祖母的，便在上海将他俩丢下。我清清楚楚记得那分别的一个早上。我领着阿九从二洋泾桥的旅馆出来，送他到母亲和转儿住着的亲戚家去。妻嘱咐说，"买点吃的给他们吧。"我们走过四马路，到一家茶食铺里。阿九说要熏鱼，我给买了;又买了饼干，是给转儿的。便乘电车到海宁路。下车时，看着他的害怕与累赘，很觉恻然。到亲戚家，因为就要回旅馆收拾上船，只说了一两句话便出来;转儿望望我，没说什么，阿九是和祖母说什么去了。我回头看了他们一眼，硬着头皮走了。后来妻告诉我，阿九背地里向她说:"我知道爸爸欢喜小妹，不带我上北京去。"其实这是冤枉的。他又曾和我们说，"暑假时一定来接我啊!"我们当时答应着;但现在已是第二个暑假了，他们还在迢迢的扬州待着。他们是恨着我们呢?还是惦着我们呢?妻是一年来老放不下这两个，常常独自暗中流泪;但我有什么法子呢!想到"只为家贫成聚散"一句无名的诗，不禁有些凄然。转儿与我较生疏些。但去年离开白马湖时，她也曾用了生硬的扬州话(那时她还没有到过扬州呢)，和那特别尖的小嗓子向着我:"我要到北京去。"她晓得什么北京，只跟着大孩子们说罢了；但当时听着，现在想着的我，却真是抱歉呢。这兄妹俩离开我，原是常事，离开母亲，虽也有过一回，这回可是太长了；小小的心儿，知道是怎样忍耐那寂寞来着！

我的朋友大概都是爱孩子的。少谷有一回写信责备我，说儿女的吵闹，也是很有趣的，何至可厌到如我所说；他说他真不解。子恺为他家华瞻写的文章，真是"蔼然仁者之言"。圣陶也常常为孩子操心：小学毕业了，到什么中学好呢？——这样的话，他和我说过两三回了。我对他们只有惭愧！可是近来我也渐渐觉着自己的责任。我想，第一该将孩子们团聚起来，其次便该给他们些力量。我亲眼见过一个爱儿女的人，因为不曾好好地教育他们，便将他们荒废了。他并不是溺爱，只是没有耐心去料理他们，他们便不能成材了。我想我若照现在这样下去，孩子们也便危险了。我得计划着，让他们渐渐知道怎样去做人才行。但是要不要他们像我自己呢？这一层，我在白马湖教初中学生时，也曾从师生的立场上问过丐尊，他毫不踌躇地说，"自然啰。"近来与平伯谈起教子，他却答得妙，"总不希望比自己坏啰。"是的，只要不"比自己坏"就行，"像"不"像"倒是不在乎的。职业，人生观等，还是由他们自己去定的好；自己顶可贵，只要指导，帮助他们去发展自己，便是极贤明的办法。

予同说，"我们得让子女在大学毕了业，才算尽了责任。"SK说，"不然，要看我们的经济，他们的材质与志愿；若是中学毕了业，不能或不愿升学，便去做别的事，譬如做工人吧，那也并非不行的。"自然，人的好坏与成败，也不尽靠学校教育；说是非大学毕业不可，也许只是我们的偏见。在这件事上，我现在毫不能有一定的主意；特别是这个变动不居的时代，知道将来怎样？好在孩子们还小，将来的事且等将来吧。目前所能做的，只是培养他们基本的力量——胸襟与眼光；孩子们还是孩子们，自然说不上高的远的，慢慢从近处小处下手便了。这自然也只能先按照我自己的样子："神而明之，存乎其人，"光辉也罢，倒楣也罢，平凡也罢，让他们各尽各的力去。我只希望如我所想的，从此好好地做一回父亲，便自称心满意。——想到那"狂人""救救孩子"的呼声，我怎敢不悚然自勉呢？

"月朦胧，鸟朦胧，帘卷海棠红"

  这是一张尺多宽的小小的横幅，马孟容君画的。上方的左角，斜着一卷绿色的帘子，稀疏而长；当纸的直处三分之一，横处三分之二。帘子中央，着一黄色的，茶壶嘴似的钩儿——就是所谓软金钩么？"钩弯"垂着双穗，石青色；丝缕微乱，若小曳于轻风中。纸右一圆月，淡淡的青光遍满纸上；月的纯净，柔软与平和，如一张睡美人的脸。从帘的上端向右斜伸而下，是一枝交缠的海棠花。花叶扶疏，上下错落着，共有五丛；或散或密，都玲珑有致。叶嫩绿色，仿佛掐得出水似的；在月光中掩映着，微微有浅深之别。花正盛开，红艳欲流；黄色的雄蕊历历的，闪闪的。衬托在丛绿之间，格外觉着妖娆了。枝欹斜而腾挪，如少女的一只臂膊。枝上歇着一对黑色的八哥，背着月光，向着帘里。一只歇得高些，小小的眼儿半睁半闭的，似乎在入梦之前，还有所留恋似的。那低些的一只别过脸来对着这一只，已缩着颈儿睡了。帘下是空空的，不着一些痕迹。

  试想在圆月朦胧之夜，海棠是这样的妩媚而嫣润；枝头的好鸟为什么却双栖而各梦呢？在这夜深人静的当儿，那高踞着的一只八哥儿，又为何尽撑着眼皮儿不肯睡去呢？他到底等什么来着？舍不得那淡淡的月儿么？舍不得那疏疏的帘儿么？不，不，不，您得到帘下去找，您得向帘中去找——您该找着那卷帘人了？他的情韵风怀,原是这样这样的哟!朦胧的岂独月呢;岂独鸟呢?但是,咫尺天涯,教我如何耐得?我拼着千呼万唤;你能够出来么?

这页画布局那样经济,设色那样柔活,故精彩足以动人。虽是区区尺幅,而情韵之厚,已足沦肌浃髓而有余。我看了这画。瞿然而惊:留恋之怀,不能自己。故将所感受的印象细细写出,以志这一段因缘。但我于中西的画都是门外汉,所说的话不免为内行所笑。——那也只好由他了。

绿

我第二次到仙岩的时候,我惊诧于梅雨潭的绿了。

梅雨潭是一个瀑布潭。仙岩有三个瀑布,梅雨瀑最低。走到山边,便听见花花花花的声音;抬起头,镶在两条湿湿的黑边儿里的,一带白而发亮的水便呈现于眼前了。我们先到梅雨亭。梅雨亭正对着那条瀑布;坐在亭边,不必仰头,便可见它的全体了。亭下深深的便是梅雨潭。这个亭踞在突出的一角的岩石上,上下都空空儿的;仿佛一只苍鹰展着翼翅浮在天宇中一般。三面都是山,像半个环儿拥着;人如在井底了。这是一个秋季的薄阴的天气。微微的云在我们顶上流着;岩面与草丛都从润湿中透出几分油油的绿意。而瀑布也似乎分外的响了。那瀑布从上面冲下,仿佛已被扯成大小的几绺;不复是一幅整齐而平滑的布。岩上有许多棱角;瀑流经过时,作急剧的撞击,便飞花碎玉般乱溅着了。那溅着的水花。晶莹而多芒;远望去,像一朵朵小小的白梅。微雨似的纷纷落着。据说,这就是梅雨潭之所以得名了。但我觉得像杨花,格外确切些。轻风起来时,点点随风飘散,那更是杨花了。——这时偶然有几点送入我们温暖的怀里,便倏的钻了进去,再也寻它不着。

梅雨潭闪闪的绿色招引着我们;我们开始追捉她那离合的神光了。揪着草,攀着乱石,小心探身下去,又鞠躬过了一个石穹门，便到了汪汪一碧的潭边了。瀑布在襟袖之间；但我的心中已没有瀑布了。我的心随潭水的绿而摇荡。那醉人的绿呀！仿佛一张极大极大的荷叶铺着，满是奇异的绿呀。我想张开两臂抱住她；但这是怎样一个妄想呀。——站在水边，望到那面，居然觉着有些远呢！这平铺着，厚积着的绿，着实可爱。她松松的皱缬着，像少妇拖着的裙幅；她轻轻的摆弄着，像跳动的初恋的处女的心；她滑滑的明亮着，像涂了"明油"一般，有鸡蛋清那样软，那样嫩，令人想着所曾触过的最嫩的皮肤；她又不杂些儿尘滓，宛然一块温润的碧玉，只清清的一色——但你却看不透她！我曾见过北京什刹海拂地的绿杨，脱不了鹅黄的底子，似乎太淡了。我又曾见过杭州虎跑寺近旁高峻而深密的"绿壁"，丛叠着无穷的碧草与绿叶的，那又似乎太浓了。其余呢，西湖的波太明了，秦淮河的也太暗了。可爱的，我将什么来比拟你呢？我怎么比拟得出呢？大约潭是很深的，故能蕴蓄着这样奇异的绿；仿佛蔚蓝的天融了一块在里面似的，这才这般的鲜润呀。——那醉人的绿呀！我若能裁你以为带，我将赠给那轻盈的舞女；她必能临风飘举了。我若能把你以为眼，我将赠给那善歌的盲妹；她必明眸善睐了。我舍不得你；我怎舍得你呢？我用手拍着你，抚摩着你，如同一个十二三岁的小姑娘。我又掬你入口，便是吻着她了。我送你一个名字，我从此叫你"女儿绿"，好么？

我第二次到仙岩的时候，我不禁惊诧于梅雨潭的绿了。

读 书 笔 记

____年____月____日